THOMAS MICHALSKI
Verfluchte Eifel

Dunkle, schauerliche Wälder und geheimnisvolle, im Nebel verborgene Moore – die Eifel kann ein sehr gruseliger Ort sein. Das merken auch immer wieder Fremde, die sich in diese kalte und regnerische Region wagen.

Verfluchte Eifel vereint zwei schaurige Novellen in einem Band. Sie schildern die Eifel von ihrer bedrohlichen und mysteriösen Seite, fußen aber auf der Realität. Sie führen tief hinein in einen Landstrich, der auch heute noch von tiefen Wäldern gekennzeichnet ist und dessen Bevölkerung sich Fremden gegenüber zumeist verschließt.

Über den Autor
Thomas Michalski ist selbst in der Eifel groß geworden und kennt daher die Region von Seiten, wie sie nur den Einheimischen zugänglich sind. Auch heute schlägt sein Herz noch für sie und er ist sich sicher, dass es ihn eines Tages zurück in die Heimat verschlagen wird.

Er hat bereits mehrere Bücher verfasst und war 2014 für den Deutschen Phantastikpreis nominiert. Er arbeitet als Setzer und Grafiker und lebt derzeit in Aachen.

Weitere Bücher von Thomas Michalski
Belletristik
  Schleier aus Schnee
  Verdorbene Asche (2016)
  Weltenscherben (2016)

Sachbücher
  Einfach Filme machen

Thomas Michalski

Verfluchte Eifel

*Für Anke. Für Lina.
Ihr wisst wofür.*

Überarbeitete Ausgabe.

© *2010/2016 Thomas Michalski*

*Texte: Thomas Michalski
Satz und Umschlagsgestaltung: Thomas Michalski
Verfluchte Eifel nach einem Drehbuch von: Markus Heinen
Lektorat: Julia Osterbrink, Anke Simon
Herstellung und Verlag: BoD-Books on Demand, Norderstedt*

ISBN 978-3-7392-1874-8

**Bibliografische Information
der Deutschen Nationalbibliothek**
*Die Deutsche Nationalbibliothek verzeichnet diese Publikation in der Deutschen
Nationalbiografie; detaillierte bibliografische Daten sind im Internet über
http://dnb.d-nb.de abrufbar.*

Besonderer Dank

Besonderer Dank gebührt an dieser Stelle einer Gruppe von Menschen, ohne die es – man verzeihe mir diese verbrauchte Floskel, denn hier ist sie einfach wahr – dieses Buch nicht hätte geben können.

Mein Dank gebührt der Eifelarea Film GbR, unserer Amateur- und NoBudget-Filmgruppe, in deren kreativen Geistern die Geschichten der *verfluchten Eifel* ihren Anfang nahmen.

Mein Dank gebührt Néomi Havinga, Markus Heinen, Ralf Murk und Matthias Schaffrath, die an den beiden Filmprojekten, die diesem Buch als Grundlage dienten, federführend beteiligt waren.

Wer mehr über diese Projekte und den Wechsel des Mediums hin zum geschriebenen Wort erfahren möchte, der kann dies im Nachwort dieses Buches ab S. 93 tun.

Wer hingegen wissen möchte, woran wir gerade arbeiten, der wird im Internet fündig und kann stets die neuesten Neuigkeiten zur Eifelarea Film in unserem Blog unter http://eifelarea.wordpress.com auffinden.

Ein ganz anderer Dank sei zudem an Judith Vogt gerichtet, die einigen Protagonisten aus der zweiten Geschichte dieses Büchleins im dritten Band ihrer „Geister des Landes"-Trilogie einen Auftritt gegönnt hat. Ich mag den Gedanken, dass in der Eifel die unterschiedlichsten Mystery-Universen scheinbar je nur ein, zwei Orte voneinander entfernt sind.

Das Dorfgeheimnis
Prolog

Die Kegel seiner Scheinwerfer schnitten wie ein Messer durch die Dunkelheit der Nacht. Martin musste sich alle Mühe geben, den Wagen in der Spur zu halten, als er die Serpentinen bei nahezu voller Geschwindigkeit herab ins Dorf nahm. Aber vielleicht würde er noch pünktlich kommen, rechtzeitig, um sie zu warnen.

Die einsamen Lichter vereinzelter Häuser rauschten wie Striche an seinem Fenster vorbei und auch das Ortsschild war kaum mehr als ein Schemen im Dunkeln. Gut, dass er den Weg zu Sabine auswendig kannte.

Endlich kam ihr Haus in Sicht. Licht fiel aus den Fenstern heraus auf die Straße; sie war also daheim. Quietschend kam sein kleiner Wagen hinter einem schwarzen Kombi zu stehen. Martin schwang sich heraus, stürmte den kleinen Weg zu Sabines Haustüre entlang – und stockte. Die Türe war nicht verschlossen wie sonst, sie war nur angelehnt.

Er sah sich um, doch die Schwärze der Nacht um ihn herum ließ ihn gerade noch die Wagen entlang der Straße erahnen. Also nahm er allen Mut zusammen und öffnete leise die Haustüre. Er ging ein, zwei Schritte hinein, hielt dann wieder inne. Hatte er etwas gehört?

Er lauschte, doch da war nur Stille. Vorsichtig ging er einen Schritt weiter. Ob er nach Sabine rufen sollte? Noch einen Schritt. Wieder hielt er inne. Da war doch ein Geräusch!

Martin hatte noch immer nicht begriffen, dass es Schritte hinter ihm waren, die er gehört hatte, als er den starken Schmerz am Schädel spürte. Eigentümlich langsam realisierte er noch, dass sich sein Hinterkopf pulsierend und warm anfühlte, der Marmorboden, auf den er fiel, im Gegenzug eiskalt. Doch dann bemächtigte sich ein kühler, stiller Schlaf seiner Seele.

Fünf Tage später. Die Gegenwart.

Zuerst waren die Städte entlang der Schienenstrecke kleinen Ortschaften gewichen, und nun hatten auch diese den Weg freigemacht für ein karges, leeres Land und vereinzelte Bauernhöfe. Während sich die Regionalbahn langsam ihren Weg in die Ausläufer der Eifel bahnte, konnte Robert sich des Gefühls nicht erwehren, dass die Zivilisation regelrecht vor diesem Landstrich zurückwich. Als sei er versehentlich in einen Zug gestiegen, der ihn auf einem geheimen Pfad heraus aus Deutschland und hinein in die Einöde der russischen Taiga.

Nadelbäume und einzelne Sträucher ragten aus einem halb vom Nebel bedeckten Boden hervor in einer Landschaft, deren zentrale Farbe man als ein blasses Gelbgrün beschreiben konnte.

Es war kein Urlaub, der Robert in diese fremdartige Landschaft geführt hatte. »Bräuche und Riten in der Eifel« hatte spannend geklungen, als die Hausarbeitsthemen für dieses Semester vergeben wurden und der Gedanke, das alles vor Ort zu recherchieren wirkte umso attraktiver.

Nun musste Robert zugeben, dass ihm Zweifel an dieser ganzen Idee kamen. Er saß in einer Bahn, deren Waggons so alt waren, dass vermutlich schon vor dreißig Jahren hier Leute transportiert worden waren. Die Sitze waren mit einem fleckigen, bräunlichen Kunstlederbezug und einigen rostigen Schrauben versehen, einige Waggons sogar noch mit einzelnen Sitzabteilen.

Das Ziel seiner Reise war ein junger Mann namens Martin. Robert hatte ihn im Internet kennengelernt, da sich auch Martin in einigen Foren zum Thema herumtrieb. Martin aber lebte selbst in der Eifel und so waren sie geradezu spontan auf den Plan verfallen, sich einmal persönlich vor Ort zu treffen, um etwas »gelebte Wissenschaft« zu betreiben. Also hatte sich Robert mit Martin und seiner Freundin Sabine verabredet – und nun saß er dort in dieser Regionalbahn.

Die nahezu unverständliche, rauschende Durchsage gab den nächsten Halt an. Endstation und Roberts Ziel. Er klappte den

Laptop zu und machte sich bereit, sich dieses Land einmal näher zu beschauen.

Er legte sich also seinen Schal um, zog den Mantel über, schulterte den Rucksack und trat ins Freie. Es war kalt in der Eifel, unerwartet kalt sogar. Der Wind fegte am Bahnhof erbarmungslos die Schienen entlang und drang direkt durch Mark und Bein. Bahnhof wäre aber ohnehin zu viel gesagt, denn mehr als eine gepflasterte Zeile, die von dem einzelnen Schienenstrang zur Straße führte, und ein altes rostiges Geländer waren dort nicht vorzufinden. Die Straße, die auf der Karte noch als ausgewachsene Bundesstraße gekennzeichnet war, erwies sich als nicht mehr als ein geteerter Ackerweg, kaum breit genug, als dass zwei Kleinwagen dort nebeneinander Platz gefunden hätten.

Vor allem aber stand Robert alleine dort am Bahnsteig. Von Martin keine Spur.

Wäre es ein voller Bahnsteig gewesen, dann wäre es natürlich möglich, dass er ihn einfach übersehen hätte, kannte er ihn doch nur von einigen, wenigen Fotos her. Aber Robert stand dort ganz alleine, ratlos und unsicher, ob er nun zu Fuß sein Glück versuchen oder doch lieber warten sollte.

Dann gelang es einem Geräusch, seine Aufmerksamkeit zu erregen. Langsam und behäbig, dunklen Rauch aus allen Rohren pustend, nahte tatsächlich ein Traktor.

Robert harrte geduldig aus, bis der Bauer fast auf seiner Höhe war, dann trat er an den Straßenrand und rief zum Fahrer hinauf, dass er Rat brauche. Einen langen Moment glaubte er, der Kerl würde ihn einfach überfahren, aber dann kam er doch noch neben ihm zu stehen. Sie unterhielten sich kurz und der Bauer fragte, wohin Robert genau wolle. Roberts Antwort löste Unverständnis aus.

»*Da* willst du hin?« fragte der Bauer ganz erstaunt, mit hörbarem, regionalen Einschlag.

Robert erklärte ihm, dass er seinen Freund Martin dort besuchen wolle und letztlich willigte der Bauer ein, ihn bis zum Ortsschild mitzunehmen. Zwar weigerte er sich standhaft, die letzten zweihundert Meter in den Ort auch noch zu fahren, aber die, so dachte sich Robert, würde er schon ganz ohne Probleme selbst finden.

Also stieg er auf und weiter ging die Fahrt.

Der Bauer erwies sich als schweigsam bis an den Rande der Unfreundlichkeit, hielt aber zumindest Wort. Eine ermüdent langsame Fahrt durch die deprimierende Herbstlandschaft später sah sich Robert neben dem grünen Ortsschild stehen, das sein Ziel markierte. In einigen Metern Entfernung stand tatsächlich ein ausgebrannter Kleinwagen im Wald, den man dort einfach eine Böschung herabgeschickt hatte, aber über eine Talsenke hinweg blickte er auf eine kleine Ansammlung von Häusern, die so auf den ersten Blick sogar durchaus einladend wirkten. Das Wetter allerdings meinte es bisher nicht gut mit ihm.

Bei Martin hatte das alles sehr einladend geklungen. »Wir haben hier die meiste Zeit des Jahres schönes Wetter«, hatte er einmal geschrieben. »Schätze, wir haben das Sonnenfleckchen der Eifel abbekommen. Es ist nass genug für die Felder, aber trocken genug für die Menschen. Und selbst wenn im Nachbarort noch dicke Hagelkörner vom Himmel fallen, bei uns ist es schlimmstenfalls Nieselregen.«

Wenige Momente im vollen Wind auf der kleinen Anhöhe, auf der der Bauer Robert abgesetzt hatte, ließen schnell verstehen, woher die Region in früheren Zeiten ihren Namen »preußisch Sibirien« hatte. Dunkelgraue bis tiefschwarze Schwaden türmten sich entlang der Wipfel der umliegenden Waldstreifen in die Höhe und ragten wie Monolithen vor einer grauen Wand auf Dunst und Wolken auf. An verschiedenen Stellen stiegen Nebelbänke wie Rauchzeichen einer fremden Zivilisation in die Höhe und die Luft roch bereits nach Regen.

Robert beschloss, die örtliche Gaststätte aufzusuchen und dort Zuflucht zu finden, bevor das Unwetter endgültig losschlagen würde.

Drei Wochen zuvor

*E*in dunkles Grollen ging von der Wolkenfront aus, als wäre sie ein lebendes Ungetüm, das sich anschickte, den ganzen Landstrich zu verschlingen. Hier oben auf der Anhöhe war es gut zu beobachten. Man sah die einzelnen Wolkentürme, schwarze und dunkelgraue Fronten und das gelegentliche, helle Leuchten vereinzelter Blitze. Und auf jeden dieser Blitze folgte wieder dieses tiefe, gespenstige Grollen.

Martin blickte zu Sabine. Ihre Augen hafteten an dem Naturschauspiel, schienen sich gar nicht lösen zu können.

»Hast du so etwas schon mal gesehen?«, fragte sie Martin andächtig.

Der musste verneinen. »Zumindest nicht hier, höchstens mal in irgendwelchen Dokus.«

»Es ist unglaublich beeindruckend.«

»Und bedrohlich«, ergänze er mit Ehrfurcht in der Stimme. »Ich glaube nicht, dass wir es noch nach Hause schaffen, bevor der Sturm über uns hereinbricht.«

Einen weiteren, langen Moment blickten sie dem nahenden Gewitter entgegen. Unaufhaltsam rollte es langsam auf sie zu. Dann begannen sie, ihre Sachen zu packen, verstauten ihre Decke im Rucksack und machten sich den kleinen Feldweg entlang zurück zum Ort.

Der Regen setzte kurz darauf ein. Mit Nieseln hielt sich das Wetter gar nicht groß auf, sondern es begann von jetzt auf gleich regelrecht zu gießen. Martin und Sabine nahmen es mit Humor, waren aber dennoch in kürzester Zeit vollkommen durchnässt. Sie rannten das erste Stück, fielen aber nach einer Weile wieder in schnelles Gehen zurück. Sie hatten gerade die Hälfte des Weges geschafft, als sie auf einem Hügel über sich das alte Kloster aufragen sahen. Gut Reichenfels.

»Meinst du, wir könnten da unterkommen?«, fragte Martin, aber Sabine schüttelte nur den Kopf.

»Ich finde die da oben in dem Kloster komisch.« erklärte sie.

»Da renne ich lieber noch eine Weile durch den Regen!«
Und so liefen sie.
Der Regen hatte sich auch noch nicht gelegt, als sie eine gute Stunde später wieder in der Ortschaft ankamen.

Heute

Das einzige Gasthaus im Ort trug den malerisch klingenden Namen »Hofkeller«. Das zumindest stand auf einem vom Alter gezeichneten Schild an der Fronttür, auf der zudem der Slogan »Mer suffe jett« vermerkt war. Robert hatte keine Ahnung, was das auf Hochdeutsch heißen mochte, aber er nahm sich vor, Martin zu fragen, wenn er ihn finden würde.

So saß er in dieser Kneipe, inmitten dichter Wolken aus Biergeruch und Zigarettenqualm. Das Licht war dämmrig und die helle Display-Beleuchtung seines Laptops schien, so lange er nur auf den Schirm blickte, jedwede Außenwelt auszublenden.

Am Tresen saß die vermutlich unvermeidliche Dorf-Bande und trank ihr erstes Bier zum Nachmittag, gemeinsam mit einigen alten Leuten, die vermutlich bereits früher angefangen hatten. Ein alter, flackernder Röhrenfernseher zeigte, aus dem vielen Grün auf dem Bild zu urteilen, gerade ein Fußballspiel, während zwei uralte Spielautomaten ihre schiefen, verstimmten Melodien in den Raum piepten. Ein im Gegensatz zu den anderen Geräten erstaunlich gut gepflegter Zigarettenautomat rundete den Eindruck ab.

Der einzige Lichtblick schien noch eine ganz hübsche, junge Frau hinter dem Tresen zu sein, die gerade gelangweilt die Gläser putzte. Nachdem Robert ernüchtert feststellen musste, dass es hier offenbar kein offenes W-LAN-Netz gab, beschloss er, sie einmal anzusprechen. Sie schien grob sein Alter zu haben, vielleicht kannte sie da auch Martin oder seine Freundin.

Er bestellte eine Cola und musste feststellen, dass das Gespräch in dem Moment, in dem das Glas den Bierdeckel vor sich berührte und sie mit einem Bleichstift einen einzelnen Strich darauf hinterlassen hatte, auch wieder vorbei war. Er beschloss, es direkter zu versuchen.

»Entschuldigung. Kennst du eigentlich Martin Schaffenberg? Oder die Sabine Wollenweber?«

Zu Roberts großer Verwunderung zögerte sie. Wie konnte sie zögern müssen? Das Dorf war klein, entweder sie kannte sie, was wahrscheinlich war, oder eben nicht. Dann aber bejahte sie vorsichtig.

»Ich war mit Martin verabredet, er wollte mich am Bahnsteig abholen«, erklärte er weiter. »Jetzt war er aber nicht da. Hast du eine Ahnung, wo er oder seine Freundin gerade sind?«

Wieder zögerte sie. Robert entging nicht der Blick, den sie mit einem älteren Herrn am Tresen wechselte, entging nicht, wie dieser unmerklich nickte, bevor er das Bierglas wieder ansetzte. Danach bejahte sie erneut.

Robert erkundigte sich als nach der Anschrift und machte sich kurz darauf wieder auf den Weg.

Schon auf dem Weg zu Sabines Haus konnte er das Gefühl nicht loswerden, dass man ihm folgte. Aber das Wetter war inzwischen derart umgeschlagen, dass man durch den dichten Vorhang aus dicken Regentropfen ohnehin kaum mehr einige Meter weit blicken konnte.

Er erreichte die entsprechende Adresse und konnte nicht anders, als sehr angenehm überrascht zu sein. Das Haus war schön, nicht so verlebt wie viele Häuser hier im Ort. Eine weiße Fassade, mit einem Stockwerk und offenbar ausgebautem Dachboden, hübsch von einer kleinen, weißen Mauer umgeben und durch einen gemauerten Torbogen von der Straße getrennt. Ein schweres Eisentor verwehrte zumindest pro forma den Eintritt auf das Grundstück, auch wenn es effektiv nicht durch ein Schloss oder so gesichert war. Robert fand an der Außenseite der Mauer eine Gegensprechanlage vor und klingelte.

Und wartete. Und klingelte. Es tat sich nichts.

Er drückte sein Gesicht so gut er eben konnte gegen das Tor und versuchte, auf die Entfernung mehr vom Haus selbst zu erkennen, blieb aber erfolglos. Der Regen lag wie ein Schleier auf der Welt und schluckte mit seinen Tropfen jede Sicht, so wie sein Prasseln einem jede Chance raubte, leisere Geräusche zu hören.

So ist es wohl auch zu erklären, dass die Dorf-Bande hinter ihn gelangte, ohne dass er sie auch nur bemerkte. Robert war kein unvorsichtiger Mensch und hatte schon immer ein gewisses Misstrauen gegenüber Schläger-Naturen gehabt, aber diese hier standen so plötzlich hinter ihm, dass es ihm komplett die Sprache verschlug.

Der Rädelsführer der Gruppe, ein großer, flachnasiger Kerl, zischte ihn direkt an: »Was willst du hier?«

»Ich bin ein Freund von Martin Schaffenberg«, erklärte Robert vorsichtig. »Wir waren am Bahnhof verabredet, aber er ist da nicht aufgetaucht.«

»Dann hat er es sich wohl anders überlegt«, meinte der Flachnasige nur.

»Wir mögen hier keine Fremden, weißt du?«, brummte ein kahlköpfiger Bursche.

»Vielleicht solltest du es dir einfach auch anders überlegen«, schlug der Anführer vor.

»Also zieh Leine. Na los, mach, dass du verschwindest. Hau ab dahin, wo du hergekommen bist!«

Robert wehrte sich nicht. Er machte mehr oder weniger auf der Stelle kehrt und sah zu, dass er unter dem hämischen Gelächter der Bande Land gewann. Im Nachhinein fielen ihm zwar eine ganze Reihe schlagfertiger Antworten ein, aber vor Ort war sein Geist einfach leer gewesen.

Er war allerdings nicht bereit, jetzt schon komplett abzureisen. Bisher hatte ihm die Eifel zwar kein Glück gebracht, aber irgendwo mussten Martin und Sabine ja sein.

Er nahm sich also sein Gepäck und bezog erst einmal ein Zimmer. Robert hatte kein Interesse daran, in diesem Gasthaus abzusteigen, aber er hatte schnell einen anderen Plan. Auf seinem Weg ins Dorf hatte er ein Schild in einem Fenster gesehen, dass wenig idyllisch mit Filzstift auf Pappe verkündete: »Fremdenzimmer – Zimmer frei«.

Die Vermieterin, Frau Hennes, erwies sich als sehr freundliche, ältere Dame und so quartierte er sich dort erst einmal für zwei Tage ein. Irgendetwas in seinem Unterbewusstsein sagte ihm, dass er eigentlich in einem Zug raus aus der Eifel besser aufgehoben wäre, aber andererseits sorgte er sich um Martin. Er kannte ihn zwar kaum, aber offenbar spielte der ganze Ort ja sowieso verrückt.

Zwei Woche zuvor

»Schaffenberg?«
»Martin, ich bin's.«
»Bine?« Normalerweise freute sich Martin über jeden Anruf seiner Freundin, doch etwas in ihrer Stimme signalisierte ihm dieses Mal von der ersten Sekunde an Unheil. »Was ist los?«
»Ich glaube, es ist jemand bei mir im Garten.«
Augenblicklich saß Martin aufrecht im Bett, wechselte das Handy nervös in die andere Hand.
»Schon hinter dem Zaun?«, fragte er.
»Ja, zwischen den beiden Pinien.«
»Ist es eine einzelne Person?«, fragte er weiter.
»Denke schon, sehe jedenfalls nur eine.«
»Kannst du sie beschreiben?«
»Na ja, ist halt ein hagerer Schatten im Garten.«
»Mann oder Frau?«
»Ein Schatten, Mensch.«
Martin dachte nach. In einer Viertelstunde konnte er bei ihr sein – aber eine Viertelstunde war verdammt lange, besonders wenn wirklich jemand bei ihr einbrechen sollte.
»Martin?«
Ihre Stimme rief ihn aus seinen Gedanken zurück in die Gegenwart.
»Ja Schatz, ich kann in fünfzehn-«
»Er ist weg.«
»Wie?«

»Ich habe wohl einen Moment nicht genau hingeschaut. Und jetzt kann ich ihn zwischen den Bäumen nicht mehr ausmachen. Meinst du, er ist weg?« fragte sie, die Hoffnung hörbar in der Stimme.

»Bestimmt.« antwortete Martin, glaubte es aber selbst nicht so wirklich. Noch während sie gesprochen hattet, war er in seine Turnschuhe geschlüpft und nun öffnete er die Haustüre.

»Ich bin in einer Viertelstunde bei dir.« versicherte er, während er sich im Garten noch eine Jacke überstreifte. »Mach dir keine Sorgen.«

Martin verbrachte die Nacht bei Sabine und nichts geschah, was sie in irgendeiner Form aufgescheucht hätte. Als sie am Morgen aber schon zur Arbeit aufgebrochen war, schaute er sich noch einmal in dem Garten um. Tatsächlich: Die Abdrücke eines Paars Arbeitsschuhe oder -stiefel waren gut zwischen den Pinien erkennbar.

Martin beschloss, Sabine erst mal nichts davon zu sagen, hoffte, dass es so oder so ein Einzelfall bleiben würde. Bis sie nachmittags wieder heimkehrte, hatte der Regen jegliche Spuren bereits verwischt.

Heute

Zum Abend machte sich Robert noch einmal auf. Es hielt ihn nicht länger in der kleinen Kammer unterhalb der Dachschräge, die er derzeit seine Bleibe nannte. Die braun getupfte Tapete schien ihn regelrecht anzustarren und die drehende Sanduhr seines Rechners kündete davon, dass es auch hier kein Internet für ihn geben würde. Also zog er sich seine Jacke über und ging noch mal los.

Frau Hennes stand mit einer unglaublich antik wirkenden Schürze in der Küche und nickte ihm kurz zu, als er das Haus verließ und in Nacht und Regen eintrat. Er bahnte sich seinen Weg durch das Unwetter und suchte erneut das Haus auf, zu dem ihm die Frau in der Gaststätte den Weg gewiesen hatte.

Mitten auf dem leicht orange erleuchteten Dorfplatz saß jemand. Bei diesem Wetter! dachte Robert bei sich. Die Neugier trieb ihn näher heran. Schnell sah er, dass es ein junger Mann war, grob in seinem Alter. Er saß dort und auch wenn er den Mund nicht halb offen stehen gehabt hätte, so wäre er dennoch ein erschreckender Anblick gewesen. Das rechte Auge schien größer zu sein als das linke, das dafür etwas höher saß. Die Nase war unnatürlich klein und nahm dem Gesicht viel Kontur, ein Eindruck, der umso mehr von seinen fast vollkommen fehlenden Augenbrauen untermalt wurde. Er trug eine Kapuze, aber auch so war zu erahnen, dass er nicht mehr viele Haare auf dem Kopf hatte.

So saß er da und spielte, verträumt, mit kleinen Spielzeugfiguren. Kleine Pastiksoldaten standen dort, vor seinen Beinen, einem Panzer gegenüber. Ein hartes Gefecht, das er entsprechend akustisch untermalte. Als er Robert bemerkte, erstarb der Kampfeslärm augenblicklich und er schaute ihn verschüchtert an, als habe er Angst, er wolle ihm sein Spielzeug wegnehmen.

»Hallo«, sagte Robert stattdessen. »Das sind ja tolle Soldaten, die du da hast.«

Der Fremde starrte ihn nur an, weshalb er noch ergänzte: »Ich heiße Robert, und du?«

»Paul.«

»Hallo Paul. Was machst du hier draußen im Regen?«

»Tut mir Leid.«

»Was tut dir Leid, Paul?«

»Tut mir Leid, das mit dem Regen.«

Dabei schaute Paul ihn mit einem derart bedrückten Blick an, dass er es nicht fertig brachte, weiter zu fragen, was er meinte. Paul starrte Robert nun an, das Spielzeug war voll und ganz vergessen. So hockten sie einen ganzen Moment im strömenden Regen, ohne dass er noch ein Wort von sich gab. Es war ein gespenstischer Augenblick und von außen betrachtet wirkten diese beiden Gestalten, wie sie dort auf dem Platz hockten, wie die leibhaftige Manifestation eines Gemäldes irgendeines modernen, irren Künstlers.

Letztlich wurden Robert Wind und Regen zu viel und er sagte noch, aus Mangel an besseren Ideen, »Bleib nicht zu lange hier draußen, ja?«, bevor er weitereilte, in der Hoffnung, nun jemanden bei Sabine anzutreffen.

Die Hoffnung war vergebens. Niemand reagierte auf sein Klingeln, vom Öffnen der Türe ganz zu schweigen. Nirgends im Haus schien Licht zu brennen. Vorsichtig drückte Robert die Klinke des Gartentores herunter und stellte fast schon erstaunt fest, dass es sich bereitwillig öffnete. Er blickte sich noch mal flink um und huschte dann hinein, der Haustüre entgegen. Und sei es nur, um dort unter dem Vordach wenigstens für einen Moment Unterschlupf vor dem Regen zu finden.

Doch schon auf dem Weg zur Türe erkannte er, dass etwas nicht stimmte. Je näher er kam, desto offensichtlicher wurde es: Jemand hatte die Türe eingetreten! Sie war zwar wieder zugezogen worden, aber die Bruchstellen waren deutlich im Türblatt und an der Zarge zu sehen. Feine, helle Linien in einer ansonsten dunklen Holzoberfläche. Jetzt spätestens packte Robert doch die Panik. Es bestand also ein wirkliches Problem. Was sollte er nun tun?

Wie eine Antwort auf ein unausgesprochenes Gebet kreuzte plötzlich vor der Gartentüre ein Streifenwagen vorbei. Er war kaum erkennbar, doch das Licht einer Straßenlaterne erhellte gut sichtbar den Schriftzug auf der Beifahrertür. Der Wagen fuhr Schrittgeschwindigkeit, also sah Robert eine Chance, ihn einzuholen.

Gerade wollte er wieder auf den Weg hinaustreten, da hörte er, wie das Auto hielt und jemand die Wagentüre öffnete. Eine Stimme ertönte: »N'Abend Jungs.«

»Gut dass ihr gerade hier seid.« erklärte eine Stimme, die Robert nur allzu gut kannte – es war die des Flachnasigen, der ihn zuvor schon bedroht hatte. »Ich hab eben einen Anruf bekommen, dass der Fremde schon wieder hier herumlungern soll.«

»Ich dachte, ihr hättet es ihm klar gemacht.«

»Dacht' ich auch.«

Robert machte auf der Stelle kehrt und drückte sich wieder in den Hauseingang. Zwar konnte er von dort aus nicht mehr verstehen, was auf der Straße geredet wurde, doch er hörte, wie der Motor des Streifenwagens ausgeschaltet wurde. Für einen kleinen Moment, der ihm aber wie eine Ewigkeit schien, hörte Robert nur das Prasseln des Regens, dann erkannte er Bewegung entlang der Mauer.

Was sollte er tun? Vor der weißen Hauswand würden sie ihn erkennen wie einen schwarzen Hund im Schnee.

Letztlich folgte er einem Impuls. Langsam drehte er den Türknauf der Haustüre etwas und huschte dann, in einer schnellen Bewegung, hinein in das Innere des komplett finsteren Gebäudes.

Vor elf Tagen

*H*ab ich dich!«

Paul wirkte irritiert und überfordert, als die Dorfbande sich um ihn sammelte. Er machte zwei, drei unbeholfene Schritte weiter den Gehweg entlang, doch der flachnasige Anführer der Truppe schnitt ihm den Weg ab.

»Hier geblieben.«

Einer der Bande schubste Paul, der es nicht kommen sah und beinahe aus seiner ohnehin schon fragilen Balance geriet. Die Bande lachte wie aus einer grausamen Kehle.

»Was---«, stieß er hervor, so artikuliert, wie er bei all der Aufregung konnte.

»Was wir wollen?«

Paul nickte.

»Wir wissen genau, was du für einer bist. Was für ein ... Monster!«

Die Augen des Flachnasigen wurden schmal, suchten nach einer Reaktion in Pauls Gesicht, doch der schaute nur weiter panisch von einem zum anderen und suchte nach einer Fluchtmöglichkeit.

»Hey!« tönte es plötzlich von der anderen Straßenseite herüber. Paul blickte an den Jungs vorbei und erblickte Martin. Er hatte Martin eigentlich schon immer gemocht.

Als Martin gerufen hatte, war es ihm wie eine gute Idee vorgekommen. Jetzt, wo er alleine auf dem Bürgersteig hier stand und ihn die sechs Augenpaare dieser professionellen Dorf-Schläger musterten, war er dagegen plötzlich sehr unüberzeugt von seinem eigenen Heldenmut.

»Guckt mal Jungs, der Schaffenberg sucht Ärger!« tönte der Flachnasige.

»Will nicht, dass wir dem Krüppel was tun, denke ich«, meinte ein anderer, während er Martin fixierte. Er wandte den Blick auch nicht ab, als er Paul mit einem angedeuteten, plötzlichen Schritt nach vorne zusammenfahren ließ.

Martin beschloss, seinen Bluff noch mal auszubauen, die Flucht nach vorne zu wagen:

»Sucht euch gefälligst jemanden, der euch gewachsen ist.«

»Ja, klar«, zischte der Wortführer. »Nur da wir keinen hier haben, müssen wir wohl mit euch beiden Vorlieb nehmen.«

Vollkommen demonstrativ schlug er Paul auf den Hinterkopf, sodass dem Jungen ein ganz eigenartiger, winselnder Laut entwich, und grinste Martin breit an. Der blickte die Straße herauf und herunter, doch obwohl das Wetter an diesem Tage noch mal gut war, war kaum jemand zu sehen. In einigen Gärten liefen Rasenmäher, Kantenschneider, Kreis- und Motorsägen, aber das war mehr ein Nach- als Vorteil, denn dann würde man sie im Zweifelsfall nur schlechter hören.

Noch lag die Straße zwischen ihm mit seiner großen Klappe und der Bande, doch der Flachnasige nickte prompt in seine Richtung und zwei der Schläger traten ihm augenblicklich entgegen.

Das würde kein gutes Ende nehmen. Gar kein gutes Ende. Schon hatten die beiden Gestalten ihn erreicht, als-

»Könnt ihr mir mal sagen, was zum Teufel hier los ist?!«

Martin sah auf, die Stimme passte nicht in die bisherige Situation. In dem Garten, vor dem die Bande Paul gestellt hatte, stand nun ein Mann. Er war schon etwas älter, war auf Mitte 50 zu schätzen und vor allem einer der wenigen Leute im Ort, denen Martin eher selten beggenete. Die meisten Leute hier kannten sich ja doch zwangsläufig besser.

»Was glaubt ihr eigentlich, was ihr hier tut?!«, fauchte er die Jugendlichen an.

»Wir-« stammelte einer von ihnen, doch der Mann fuhr ihm nur erneut über den Mund:

»Von allen Leuten, die ihr euch aussuchen könntet, müsst ihr ausgerechnet auf Paul losgehen?!«

»I- I- I- Ich … wir …« stammelte der Rädelsführer weiter.

»Ieh, ieh, ieh, wie ein kleines Äffchen, hmm?«, meinte der Mann nur verächtlich. »Und jetzt zieht Leine und seht zu, dass ihr mir nicht noch mal unter die Augen kommt!«

Es herrschte sichtlich Unentschlossenheit in der Gruppe, gerade die jüngeren Raufbolde schienen unsicher zu sein, was sie tun sollten. Ihr Anführer und die älteren Jungs aber nicht; die waren sich sehr sicher. Auf der Stelle machten sie kehrt und verschwanden schnell um die nächste Straßenecke.

Martin konnte es verstehen. Die Präsenz, die von dem Herrn ausging, war beeindruckend. Es war einer dieser Menschen, die sich Autorität nicht nehmen mussten, sondern die sie einfach ausstrahlten.

Er hatte sich mittlerweile versichert, dass es Paul gut ginge und wandte sich nun Martin zu.

»Auch bei dir alles in Ordnung, Martin?«

»Ja, danke. Mir geht es gut. Sie sind ja noch rechtzeitig dazwischen gegangen, Herr …«

»Berners.«

»Herr Berners. Sonst wäre es vermutlich unangenehm geworden.«

»Oh ja«, sagte der andere, und Martin wurde das Gefühl nicht los, dass sie nicht von der selben Sache sprachen. Unsicher dankte er Berners.

»Es war mir ein Vergnügen«, versicherte der andere.

Martin und der Mann nickten einander noch einmal zu, dann begann dieser, seine Hecken zu stutzen. Martin schaute noch einen Moment Paul hinterher, machte sich dann aber auch wieder auf seinen Weg.

Heute

Durch das Fenster eines kleinen Badezimmers direkt neben der Haustür beobachtete Robert, wie einer der Polizisten mit seiner Taschenlampe den Garten ableuchtete. Wäre er noch dort gewesen, die Polizisten hätten ihn sofort gesehen.

Das Wasser, das die Scheibe herunter floss, machte die Situation nicht besser, denn es war schwer, draußen mehr als nur schwarze Schemen auszumachen. Trotzdem musste Robert letztlich erkennen, wie einer der Polizisten den Weg entlang auf die Haustür zukam.

Eilig wich er durch den Hausflur zurück, eine Hand an der Wand entlangführend, bis er rechts in einen Raum einbiegen konnte. Dort herrschte vollkommene Finsternis, doch im Licht seiner Handy-Beleuchtung erwies er sich als Küche. Robert nahm die Türe auf der gegenüberliegenden Seite und trat in das Wohnzimmer ein. Groß, weicher Teppichboden, große Fensterfront. Mehrere Regale säumten die Wände und ein großer Fernseher nahm eines der Kopfenden des länglichen Zimmer ein, während in der Mitte eine Couch und zwei Sessel Bequemlichkeit verhießen. Aber irgendetwas stimmte nicht. Robert brauchte einen Moment, bis er den Finger darauf legen konnte, aber dann fiel es im ins Auge: Es fehlte ein Couchtisch. Das Arrangement legte einfach nahe, dass zwischen den Sitzplätzen ein Tisch seinen Platz hatte und gut sichtbare Abdrücke im Teppich zeugten auch davon, dass dort einer gestanden hatte.

Waren Diebe dort eingedrungen und hatten den Tisch entwendet? Klang albern, zumal der Fernseher noch unberührt an seinem Platz stand. Robert machte einen Schritt in den Raum hinein und stockte, als es unter seinen Füßen knackte. Er blickte herab und musste die Ursache nicht lange suchen, denn feine, helle Glasscherben bedeckten einen Teil des Teppichs. Keine großen Stücke, aber diese feinen Splitter hatten sich offenbar in den flauschigen Teppich gekrallt und der flüchtigen Säuberung widerstanden. War hier also ein Glastisch zu Bruch gegangen?

Das Licht der Taschenlampe des Polizisten, das durch die Fronttür hindurch den Flur erleuchtete, ließ Robert wieder aufschrecken. Würden sie ihn dort erwischen, inmitten dieser Scherben und widerrechtlich innerhalb dieses Hauses, so hätten sie nicht nur eine Entschuldigung, sondern sogar einen handfesten Grund gehabt, ihn einzusperren. Als er nun die Haustüre hörte, machte er auf der Stelle kehrt, öffnete eines der Wohnzimmerfenster und sprang hinaus in den Garten.

Die dunkle Nacht empfing ihn und er drückte sich durch eine Buchenhecke auf das Nachbargrundstück, nur Bruchteile bevor er sah, wie drei Gestalten um das Haus herum in den Garten traten.

Das Licht der Taschenlampen tastete nach ihm wie Fühler, doch Robert war schon nicht mehr da. Er rannte, so schnell er konnte.

Paul war nicht mehr draußen, als Robert den Platz überquerte. Einer seiner Spielzeugsoldaten lag jedoch noch dort auf dem Pflaster. Irgendwie musste er an das amerikanische Credo denken, dass »niemand zurückgelassen« wird.

Es erschien auf kuriose Weise angemessen.

An diesem Abend saß er lange in seinem Zimmer wach und starrte hinaus in die Nacht. Sollte er abreisen? Wenn selbst die lokale Polizei involviert war, was sollte er dann hier tun? Auf regionaler Ebene würde man ihm sicher helfen können. Sollte er seine Koffer packen, sich in den ersten Zug heraus aus der Eifel werfen und all dies hinter sich lassen?

Er starrte heraus auf das rote Lichtermeer, das den gesamten Horizont einnahm und blinkend, ohne erkennbaren Rhythmus, von den Spitzen der Windräder ausging.

Bei Nacht erzeugten die Windräder, die scheinbar jeden Höhenkamm der Eifel säumten, eine ganz eigene Magie. An die 100 Meter hoch, drehten sie bei Tag einfach nur langsam ihre Bahnen. Nachts aber verschluckte die Dunkelheit nahezu ihre gesamte Gestalt. Alles was blieb war je ein rotes Positionslicht, das immer wieder einen kleinen Lichtschein auf die drehenden Rotorblätter warf.

Je länger Robert diese vielen, unsteten Fixpunkte besah, desto fester wurde sein Entschluss. Er konnte nicht einrach abreisen.

Ob es Mut, ob es Dummheit war, er wusste es nicht zu sagen. Vielleicht verkannte er seine Lage schlichtweg, verdrängte ihren Ernst? Er legte sich auf das Bett, stellte seinen Wecker auf sechs Uhr und führte sich noch einmal vor Augen, dass er zwar nicht wusste, warum er tat, was er im Begriff war zu tun, aber dass er sich nun zumindest sicher war, was er genau tun würde.

Der Fakt stand fest: Er blieb.

Vor neun Tagen

Die Nacht lag finster auf den Straßen des Ortes, als sich Martin von Sabine aus auf den Heimweg machte. Da er ohnehin jede hochstehende Platte und jedes Schlagloch beim Namen kannte, bereitete ihm die Dunkelheit keine Schwierigkeiten und gut gelaunt huschte er durch die Nacht.

Die Gärten der Häuser lagen im Dunkeln, Hecken und Bäume ragten wie enigmatische Gestalten in den Schatten herauf und der Sternenhimmel, der in dieser Nacht wie in einer astronomischen Darstellung den Blick auf die ganze Milchstraße feilzubieten schien, fand seinen Widerschein in den Teichen einzelner Vorgärten. Allenfalls unterbewusst realisierte Martin, dass die Haustüre des Herrn Berners offen stand und Licht heraus in den Garten schien. Erst als der Mann ihn aus dem Grabesdunkel seines Gartens ansprach, riss es Martin aus seinen Gedanken.

»N'Abend Martin.«

»N'Abend ... Herr Berners.«

»Geht es dir gut?«, fragte der Mann und Martin bejahte das.

»Kommst heim von deiner Freundin, nicht wahr?«, horchte Herr Berners nach.

»Ja.«

»Ist ein nettes Kind, die Wollenwebers Sabine.«

Martin war sich sehr wohl bewusst, dass er Sabines Namen nicht genannt hatte, und obwohl das in der Eifel nichts zu bedeuten hatte, war es ihm plötzlich doch unangenehm, sich derart als offenes Buch zu fühlen.

Er musste auch gar nicht antworten, Herr Berners kam ihm zuvor.

»Sag mal, ist es euch beiden eigentlich ernst?«

Die Frage schlug ihm nun regelrecht vor den Kopf. Was dachte dieser Mann sich eigentlich, sich hier mitten in der Nacht in seine Beziehung einzumischen? Martin beschloss, dennoch diplomatisch zu antworten.

»Ja, schon. Sind ja jetzt auch schon eine ganze Weile zusammen und da macht man irgendwann schon Pläne.«

»Und du bist dir sicher?«

»Na klar bin ich das.«

»Ich würde es mir überlegen, noch kannst du ausbrechen.«

»Was erlauben Sie sich eigentlich?«, entfuhr es Martin und er realisierte erst, nachdem er es getan hatte, dass sich seine Hände zu Fäusten geballt hatten.

»Die Frauen der Familie Wollenweber haben diese Tendenz, ihre Partner mit großen Leid zu erfüllen, Martin.«

Er hatte genug gehört. Auf der Stelle machte Martin kehrt und ging weiter. Er war ein sehr ruhiger Mensch und dieses Gefühl, dieser Wunsch, seinem Gegenüber einfach einen Schlag zu verpassen, hatte ihm gereicht. Weiter musste er es nicht kommen lassen.

»Sie kann ja nichts dafür!« rief Herr Berners ihm nach. »Aber sie wird dich mitreißen!«

Heute

Als Robert morgens erwachte, schmerzten ihm alle Glieder vor Kälte. Ein Blick auf die Eisblumen, die sich in wundervollen Mustern über seine komplette Fensterscheibe zogen, machten auch schnell klar, woran das lag.

Der hölzerne Rahmen, dessen weißer Lack an vielen Stellen bereits zu Boden gebröckelt war, schien so undicht, dass man die warme Heizungsluft des Zimmers draußen regelrecht als

Nebelschwade entweichen zu sehen glaubte. Das passte dann aber ohnehin sehr gut, denn die Sintflut des Vortrags war einer trüben Brühe gewichen und Roberts Blick reichte kaum über den gepflasterten Hof des Hauses hinaus.

»Kein Signal« vermeldete sein Handy stolz, als sei es ein Verdienst. Sein Notebook bestätigte ihm darauf dann auch, was er eh vermutet hatte: Ein einsam drehendes Symbol kündete von der Abwesenheit jeden W-LAN-Netzes. Eine Telefonbuchse bot sein Zimmer auch nicht, also erhob er sich, schaltete den alten Gasofen aus und begab sich die dunkel vertäfelte, muffig riechende Holztreppe herunter ins Erdgeschoss.

Wenigstens ein Frühstück, so hoffte er, würde man hier ja kriegen.

Frau Hennes, seine Vermieterin, war eine nette Frau inmitten ihrer 50er, rundlich mit dunklen, kurzen, lockigen Haaren. Wann auch immer sie Robert bisher begegnet war, sie hatte ihre mit Blumen verzierte Bluse und eine weiße Küchenschürze getragen.

»Juten Morjen.« grüßte sie in der lokalen Mundart, um dann, mehr ums Hochdeutsche bemüht, hinzuzufügen: »Setz' dich, Jung'. Ein guter Tag beginnt mit einem guten Frühstück.«

Das war ja ohnehin Roberts Plan gewesen und so genoss er den heißen, starken Kaffee, Graubrot und Wurst. Versonnen biss er in sein Brot und ließ den Blick durch das Zimmer wandern. Auch hier dominierte dunkles Holz, ein alter, metallener Ofen in einer Raumecke verbreitete eine rustikale Atmosphäre. Die Türe des Ofens war zudem recht aufwändig gegossen worden und zeigte einen Mann, über dem offenbar eine Art Engel oder Vogel – jedenfalls etwas mit Flügeln – zu kreisen schien. Recht wenig Licht fiel durch die kleinen Fenster, jedoch genug, um die nachgedunkelte, gelbliche Farbe der alten Tapete zu unterstreichen.

An der Wand hinter ihm hingen einige Fotos unterschiedlichen Alters, von denen viele eine Gruppe junger Männer zeigten – vermutlich die »Dorfjugend« vor einer früheren Generation.

Eines aber fiel Robert ins Auge: Auch die letzte Generation schien einen Behinderten gehabt zu haben. Das zentrale Foto an der Wand zeigte ihn deutlich mit verwachsenem Gesicht inmitten der restlichen Jugend.

Wieder kam ihm Paul in den Sinn und es beschloss, einmal indiskret zu sein: »Gestern, als ich noch im Ort spazieren war, da hab ich einen Jungen im Regen spielen sehen.«

Da er den Blick, den sie ihm über ihre große Brille hinweg zuwarf, während sie Kartoffel schälte, nicht recht zu deuten wusste, fuhr er einfach fort. »Er wirkte etwas verwirrt, als wir kurz miteinander sprachen. Paul hieß er glaube ich?«

»Ah ja, das war der Kollenbergs Paul. Armer Jung'«, erklärte sie. »Der hat sie nicht mehr all'.«

»Und warum spielt er Nachts draußen im Regen? Kümmert sich niemand um den Jungen?«

»Doch, sicher. Seit 'nem Brand vor 15 Jahren hat der keine Eltern mehr, musste wissen. Schreckliche Sache. Da hat sich unser Pfarrer bereit erklärt, den kleinen Paul großzuziehen.«

»Das war sehr freundlich von ihm. Kannten sich Pauls Eltern und der Herr Pfarrer denn?«

»Wir kennen uns hier alle, ist nicht die Großstadt hier.«

Sie war fertig mit ihren Kartoffeln und stellte den Topf in die Spüle, griff nun unter den Tisch und holte ein Holzbrett sowie ein kleines Beil hervor. Robert schaute ihr zu, wie sie aus dem Kühlschrank ein Stück Fleisch holte und recht beherzt die Klinge hinein schlug. Ein rötliches Rinnsal bildete sich entlang der Arbeitsfläche. Aber so ganz war seine Neugierde noch nicht gestillt.

»Wenn ich schätzen müsste: Sabine Wollenweber und Martin Schaffenberg, die sollten in etwa in Pauls Alter sein, oder?«

»Kennste die beiden?«

»Ja, ich war mit ihnen verabredet, aber offenbar sind sie derzeit nicht im Ort und keiner meint zu wissen, wo sie sein könnten.«

»Warst du denn schon mal bei Bernerse Dieter?«

»Wer ist das?«

»Ist'n Freund von denen, oder so. Ist'n Gehilfe vom Förster, aber um die Zeit ist der meist im ›Suffe‹ und wärmt sich auf. Der weiß vielleicht, wo die beiden abgeblieben sind.«

Mehr oder weniger eilig brachte er sein Frühstück zu Ende und machte sich auf. Vielleicht würde das ja Licht ins Dunkel bringen können.

Roberts Enthusiasmus schwand auf dem Fußweg zurück in die Dorfmitte langsam aber sicher wieder. Es war, als würde der Nebel alles Umland verschlucken und gleichzeitig durchweichte ein feiner Nieselregen jede Lage seiner Kleidung. Zwar hatte er einen Schirm, aber das Wasser schien geradezu in der Luft zu stehen und scherte sich daher nicht um den Schutz.

Überhaupt war es ein trüber Tag. Vermutlich hingen irgendwo oberhalb der weißlich-trüben Brühe noch immer die Unwetter-Wolken des Vortags, denn war es da schon düster gewesen, so war es mittlerweile richtiggehend dämmrig. Einzig ein etwas hellerer Fleck ließ erahnen, wo die Sonne gerade in etwa stand. Die Luft war angenehm und roch frisch, aber je mehr Wasser und Kälte in Roberts Glieder zogen, desto mehr verlor die ländliche Atmosphäre ihren Reiz.

Er war froh, als er die Ortskneipe wieder erreichte und frohlockte, als er beim Eintreten keinen der Dorfschläger dort erspähte. Wohl aber sah er einen älteren Herrn, vielleicht in seinen 50ern, der alleine an einem kleinen Tisch saß und mit dunkelblauer Kappe und weiß-rot kariertem, dickem Hemd schon wieder fast ein wandelndes Klischee für sich zu sein schien. Robert bemerkte allerdings auch den Blick, der eine Mischung aus Wut und Verbitterung zu sein schien, mit dem der Mann sein Bierglas fixierte.

Robert trat geradewegs auf ihn zu, nahm ihm gegenüber auf einem Stuhl Platz und lächelte ihn versuchsweise an. Genauso gut hätte er aber auch einen scharfen Dobermann anlächeln können. Finster fixierten ihn die von dunklen Ringen umgebenen Augen des anderen.

»Dieter Berners?«

»Ja?«

»Robert Enzling. Ich bin ein Freund von Martin und Sabine.«

»Du bis' net von hee.«

»Nee. Ich kenne Martin über das Internet. Ich arbeite an einer Arbeit über die Eifel.« Als Robert seinen trüben Blick sah, ergänzte er noch: »Für die Uni.«

Eine weitere Reaktion blieb dennoch aus. Dieter Berners fixierte ihn nur, als würde er versuchen, ihn mit seinen Augen zu durchbohren. Robert hatte in diesem Moment das Gefühl, der andere könnte damit durchaus Erfolg haben.

»Haben Sie eine Ahnung, wo die beiden sind?«

Plötzlich kam Leben in seine Augen und ein prüfender Blick ging an Robert vorbei zum Tresen, bevor er leiser zu mir sagte: »Ich weiß auch nicht, wo die sind.«

»Geht hier etwas vor?«

»Nichts, was du verhindern könntest. Mach dir da keine unnötigen Sorgen.«

»Mach ich aber. Ist doch nicht normal, das zwei junge Leute urplötzlich verschwinden.«

»Nee, normal nicht. Aber was will man machen?« Er schnaufte verächtlich. »Wenn du aber auch nicht auf mich hören willst, musst du halt direkt mit ihm reden.«

»Mit wem?«

»Dcm Linden.« Robert schaute ihn nur fragend an, also erklärte er noch »Der Pastor.«

»Alles klar, danke.«

Noch ehe Dieter viel sagen konnte, war Robert wieder unterwegs im Nebel und versuchte, sich ein Bild von diesem Pfarrer Linden zu machen. Er adoptierte einen armen Jungen, dessen Eltern bei einem Brand umgekommen waren. Das sprach für einen sehr sozialen Menschen.

Er wusste ganz offenbar etwas über den Verbleib der beiden, sonst hätte Dieter nicht auf ihn verwiesen.

Andererseits waren die beiden nicht einfach nur auf Wallfahrt oder so, denn es gab Einbruchsspuren an Sabines Haus. Und selbst wenn man das noch als Zufall darstellen wollte, ein

Einbruch in ihrer Abwesenheit, so erklärte das nicht, weshalb sie ihn kommentarlos versetzen würden.

Die Dorfjugend könnte auch derart um das Haus schleichen, wenn es tatsächlich nur ein Einbruch war, aus Angst, er würde zu früh auffliegen; die Beteiligung des Polizisten in der vorigen Nacht aber passte wiederum nicht in dieses Bild. Oder sollte er sich das nur eingebildet haben, die falschen Wortfetzen irrend gedeutet?

Wenn der Polizist mit drin steckte, konnte es sein, dass der Pfarrer auch Teil irgendeines Verbrechens war? Ein Mann Gottes? Ausschließen wollte Robert das nicht, aber einen Reim auf die Vorgänge konnte er sich auch noch nicht machen.

Er eilte also durch das trübe Wetter, Haar und Kleidung vom stürmenden Wind zerzaust, und hielt direkt auf die Kirche des Ortes zu. Was er da allerdings tun würde, wusste er zu diesem Zeitpunkt selbst noch nicht.

Vor acht Tagen

Als Martin zur Mittagszeit den »Hofkeller« betrat, verstummten schlagartig die Gespräche. Er selber brauchte einen Moment, um das zu realisieren; um zu verstehen, was so schlagartig anders wurde. Der Laden war ungewohnt gut besucht und neben den üblichen Schnaps- und Bierleichen entdeckte er auch spontan eine ganze Reihe wichtiger Personen aus dem Ort. Und genau das waren die Leute, die nun alle verstummt waren.

Etwas unsicher, aber dennoch nicht willens, sich davon jetzt verscheuchen zu lassen, bahnte sich Martin den Weg zum Tresen und bestellte sich die Cola, für die er gekommen war. Eigentlich hatte er es nicht vorgehabt, doch alleine um diese bizarre Situation weiter auszukosten, nahm er auf einem der Barhocken Platz und lächelte Silke, die Bardame, freundlich an, während sie ihm sein Getränk abfüllte.

Die Stille war unerträglich und alle Augen schienen auf ihn gerichtet zu sein. Martin genoss den Augenblick ganz und gar nicht, doch war er stur und neugierig, was in dieser Situation eine ungünstige Mischung war. Der Klang, mit dem Silke die Cola vor ihn auf den Tresen stellte, schien unglaublich laut zu sein. Selbst das Klimpern der Eiswürfel in der Flüssigkeit war zu hören.

Dann kam das Gespräch der hohen Herrschaften aber doch wieder in Gang, nur viel leiser, tuschelnd und geheimtuerisch. Neben ihm bestellte eine der Säufer lauthals das nächste Bier. Martin versuchte derweil, bei dem leisen Gespräch ein paar Wortfetzen auf zu schnappen, jedoch war die Zapfanlage zu laut.

Erst als Silke den Hebel losließ und das Glas vor seinen Sitznachbarn stellte, konnte er vage hören, was gesprochen wurde:

»… hoffe, dass es diesmal klappt.«

»Es … auch das letzte Mal geklappt.«

»Da frag mal Annegreth …«

»Der Linden sagt, es würde funktionieren.«

»Das Wetter ist jedenfalls … schon unerträglich genug.«

Verwirrt folgte Martin noch etwas den Wortfetzen, dann blickte er auf die Zitrone herab, die bereits wie angespült auf dem Grund seines leeren Glases lag. Er gab Silke das Gefäß zurück, zahlte und verließ den »Hofkeller« wieder.

Irgendetwas ging hier vor und langsam aber sicher fühlte er sich beunruhigt. Er wusste nicht warum, aber dieser Klüngel war selbst für die örtlichen Verhältnisse neu.

Es hatte begonnen zu regnen, als Martin sich wieder auf den Weg machte.

Heute

Robert klopfte. Es dauerte eine ganze Weile, bis ihm ein grauhaariger Mann die Türe öffnete. Es war jedoch nicht der Pfarrer, sondern sein Haushälter, der ihm mitteilte, Herr Linden sei auf dem Friedhof. Das behagte Robert zwar irgendwie nicht, aber so machte er sich dann auf, um den Geistlichen dort zu finden.

Der Friedhof des Ortes war zweifelsohne schön. Sehr gepflegt, gekieste Wege, saubere Gräber und hübsch gestaltete Grabsteine. Einzig ein schwarzer Kombi, der davor geparkt worden war, störte die fast urtümliche Schönheit des Ortes. Zwar ließ er die gotischen

Extravaganzen alter Großstadtfriedhöfe vermissen, dennoch war es ein sehr schöner Anblick.

Am Eingang blieb sein Blick zudem an dem offenkundig sehr alten, geschmiedeten Tor hängen, das neben abstrakter Formen auch ein kleines Bild zeigte. Darauf abgebildet war ein Mann, der offenbar einem schrecklichen Sturm ausgesetzt war. Darin wurde er aber behütet – ein riesiges Etwas, das ein Wenig wie eine sehr verzerrte Wolke aussah, flog über dem Mann und hielt den Regen ab. Robert war allerdings nicht bibelfest genug, um zu erkennen, was dort genau dargestellt wurde, blickte also nur einen Moment auf das Etwas, beschloss die Wolke für sich als Fledermaus zu bezeichnen und eilte weiter.

Er fand Pfarrer Linden an einem kleinen Brunnen inmitten des nebelverhangenen Friedhofs. Der Geistliche war ein hochgewachsener Mann mit rückläufigem Haar, schlanker, aber nicht hagerer Figur und einem leichten Bartschatten. Als sich die Konturen seines Gesichts aus dem Nebel besser abzeichneten, konnte Robert erkennen, dass ein freundliches Lächeln sein Gesicht umspielte. Sie grüßten einander und Robert stellte sich kurz vor.

»Und was führt dich in die Gemeinde Medardus und Donatius, mein Sohn?«, fragte Pfarrer Linden. Es war Robert regelrecht unangenehm, als sein Sohn deklariert zu werden, auch wenn er selbst nicht zu sagen wusste, warum dieses Gefühl in ihm aufkam. Er tat sein Bestes, es zu überspielen.

»Ich bin zu Besuch bei Freunden. Sie kennen die sicher, Sabine Wollenweber und Martin Schaffenberg? Jedenfalls wollte ich sie besuchen.«

»Was hält dich ab?«

»Sie sind nicht daheim.«

»Oh, sind sie noch nicht zurück?«

»Sie wissen, wo sie sind?«

»Ich hatte Sabine gebeten, etwas für die Kirche zu holen. In Münster.«

Das wurde immer wirrer. Robert beschloss, das nicht einfach so zu schlucken, wie es aufgetischt wurde: »Und da ist sie über mehrere Tage verschwunden?«

»Nun, ich bot ihr an, sie könne ja ein, zwei Tage dort verweilen, als Urlaub und Dankeschön dafür, dass sie sich die Mühen machte. Ich denke, darum ist Martin auch mitgefahren.«
Robert glaubte ihm kein Wort. Auch dieser Puzzle-Stein schien an keiner Stelle in das Gesamtwerk zu passen, ergab einfach keinen Sinn, egal wie man es drehte oder wendete. Für einen Moment war er versucht, ihm eine große Szene zu machen. Ihm Sachen wie 0›Wenn Sie glauben, mit einer solchen Lügengeschichte durchzukommen, dann haben sie sich aber geschnitten! Ich werde Sie entlarven und Ihre Räubergeschichte offenlegen!‹ an den Kopf zu werfen.

Letztlich fehlte ihm dann aber der Mut zur großen Klappe, er bedankte sich artig und stahl sich in den Nebel davon.

Vor drei Tagen

Als Martin den Friedhof erreichte, versank die Sonne gerade langsam, doch beständig am Horizont. Das warme Licht der Dämmerung und der fahle Schleier, den der Nebel über das Land legte, tauchten den gesamten Friedhof in eine seltsame, düstere Farbe. Er eilte vorbei an der Darstellung des heiligen Medardus am Eingang und begann, mehr oder weniger systematisch, die einzelnen Grabreihen abzuschreiten. Herr Liebkraft, der Verwalter der Gemeinde, hatte ihm verraten, dass der Pfarrer sich derzeit auf dem Friedhof aufhielte – und zu genau dem wollte er.

Er wusste nicht recht, womit er anfangen sollte, aber bei diesem eigenartigen Gespräch im »Hofkeller« war der Name Linden gefallen. Und bisher hatte er sich mit dem Pfarrer eigentlich immer gut verstanden. Zwar war Martin kein eifriger Kirchgänger und abseits der großen Feste sah er die Kirche nicht von innen, aber dennoch war der Herr Pfarrer immer freundlich zu ihm gewesen.

Der Nebel machte die Suche nicht gerade einfacher, doch irgendwann hielt Martin kurz inne und horchte. Ja, in der Tat, das waren Stimmen, die er da hörte. Langsamer und ohne unnötige

Eile ging er auf die Stimmen zu und verharrte im Schatten einer alten Eiche.

»… zu viele Fragen.«

»Die Leute scheinen das nicht mehr so einfach hinzunehmen wie früher.«

Martin hielt inne. Die beiden Stimmen hatte er nicht zuordnen können, die dritte, die erklang, war allerdings zweifelsfrei die von Pfarrer Linden.

»Geduld, meine Freunde. Noch mögen einige Leute Fragen stellen, aber in einer Woche wird sich niemand mehr beschweren. So haben wir es hier doch immer gemacht, genauso wie unsere Väter und deren Väter vor ihnen.«

»Sicher«, erklang die erste Stimme wieder, »so hat das immer geklappt. Aber damals haben die Leute im Ort auch nicht groß gefragt, wenn irgendein altes Fest nach Jahrzehnten wieder gefeiert wird.«

»Die Leute haben ja nicht mal nachgefragt, als die Sache mit Annegreth passiert ist.«

Es war nun wieder der Geistliche, der das Wort ergriff:

»Gemach. Darum machen wir es ja auch, wie schon vor fünfundzwanzig Jahren, im Kleinen, ohne viel Aufmerksamkeit. Solange Pan Sheol sein Opfer erhält, sind die Umstände egal.«

Martin stand im Nebel und atmete flach vor sich hin. Worum ging es hier? Ein alter, heidnischer Brauch? War es das, was da im Geheimen gepflegt wurde? Und von was für einem Opfer war hier die Rede?

Martin wollte sich schon wieder irritiert zurückziehen, als der Name Wollenweber fiel. Er hatte nicht verstanden, worum es ging und ob Sabine gemeint war, aber er blieb erneut stehen.

»Der Berners hat mit Schaffenbergs Martin gesprochen.«

»Über das Mädchen?«, wollte der Pfarrer wissen und die zweite der Stimmen bejahte.

»Eine Warnung?« wollte die erste Stimme wissen.

»Nein«, erklärte Pfarrer Linden, »das hätten wir gemerkt. Aber macht euch keine Sorgen. Niemand muss sich Sorgen machen. Weder ihr, noch Martin, noch das Wollenweber-Mädchen. Es ist nur eine Tradition zum Wohle des Dorfes.«

Martin war versucht, sich zu erkennen zu geben, aber letztlich fehlte ihm der Mut dazu und er stahl sich in den Nebel davon.

Heute

Robert verließ den Friedhof nicht direkt wieder auf dem Weg, auf dem er dorthin gekommen war. Er wollte den Kopf noch etwas frei bekommen und so folgte er den Wegen, beschaute hier einen Grabstein und dort einen Brunnen, um dieses ihn langsam übermannende Gefühl von Panik zu verdrängen. Plötzlich aber blieb sein Blick ganz unbewusst an etwas haften, er konnte selbst erst gar nicht sagen, was genau seine Aufmerksamkeit erregt hatte.

Es war ein Grab, das seinen Blick anzog, nicht zuletzt, weil es ganz anders angeordnet war als die anderen. Waren normalerweise klare Wege zwischen den Gräbern gezogen, so lag dieses fast versteckt hinter einer kleinen Buchenhecke. Und waren eigentlich alle anderen Gräber sauber gepflegt, so wucherte dort irgendein Unkraut auf dem Erdreich. Robert trat näher heran und besah es sich genauer.

Er stand vor dem Grab eines Mannes, der vor 15 Jahren gestorben war. Was ihn stocken ließ, waren die Zeilen, die auf dem Stein geschrieben standen. »Hier ruht Rudolph Kollenberg, geliebter Gatte, geliebter Vater.«

Es war offenbar ein Doppelgrab, doch war nur eine Seite belegt.

Der Ort war eigentlich nicht groß genug, um einen solchen Zufall zuzulassen! Doch wenn dies hier Pauls Vater war, der damals in den Flammen es ungeklärten Brandes umgekommen war – wo war dann die Mutter des behinderten Jungen?

Kaum eine Viertelstunde später polterte Robert durch die Fronttüre, rauschte den dunklen Flur entlang und trat so bestimmend in die Küche ein, wie er konnte. Der Weg zurück zu seinem Fremdenzimmer hatte ihm auch nicht wirklich geholfen, seine Gedanken zu ordnen, aber im Gegensatz zu seiner reinen Verwirrung vorher auf dem Friedhof hatte er sich regelrecht in Rage gedacht.

»Ah, du bis' et. Willste en–«

Er fiel seiner Vermieterin rau ins Wort:

»Die Wahrheit will ich.«

»Wat is' los?«

»Sie haben mich angelogen und betrogen!«

Frau Hennes schaute ihn nur irritiert an, was seiner inneren Ruhe auch nicht zuträglich war. Also brüllte er sie weiter an: »Sie haben gelogen! Sie haben mir gesagt, Pauls Eltern seien tot!«

Entnervt warf sie den Schneebesen, den sie in der Hand hielt, in einen der Töpfe und fixierte ihn mit einer Kälte, die er so in der rundlichen Frau gar nicht vermutet hätte und die zumindest half, das Feuer in ihm wieder etwas zur Räson zu bringen.

»'n Scheiß hab ich!«, fauchte sie in an.

»Ich hab das Grab gesehen!«

»Pass' mal auf, Junge. Ich hab dir gesagt, dass Paul keine Eltern mehr hat. Und das stimmt auch so.«

Robert war langsam einfach zu verwirrt, um sie weiter anzubrüllen, also fuhr sie fort: »Sein Papp, der Rudolph, ist tot. Ist damals umgekommen, als sein Haus abgebrannt ist. Seine Annegreth hat das damals überlebt. Keiner weiß, warum es damals gebrannt hat. Manche sagen, Rudolph hätte das Feuer selbst gelegt. Seine Frau ist über die Schwangerschaft immer seltsamer geworden, musst du wissen.«

»Seltsamer?«

»Na ja, die hatte 'se schon damals nicht mehr all'. Aber man soll ja nicht schlecht über Tote reden.«

»›Schon damals‹? Heißt das, sie lebt?«

Hoffnung keimte in Robert auf. Es schien eine Spur zu sein. Zu was auch immer.

»Ja, tut sie. Ist aber nach dem Feuer endgültig durchgedreht. Sie hat damals weinend vor dem brennenden Haus gesessen und als der Feuerwehrmann mit ihrem Paul aus dem Feuer trat, hat sie nur noch gebrüllt und geschrien. Wir glauben, weil ihr klar wurde, dass Rudolph nicht mehr aus dem Feuer treten würde, oder so etwas.«

»Sie wurde in eine Anstalt eingewiesen?«

»Fast. Ist in ein Kloster gegangen. Gut Reichenfels.«

»Können Sie mir sagen, wo das genau ist?«

Noch immer ruhten ihre Augen kalt auf Robert, der sich langsam, inmitten dieser gemütlichen Küche, die erfüllt vom Geruch nach frischem Kuchen eigentlich sehr einladend sein sollte, wie der letzte Idiot vorkam.

»Nach dem Auftritt gerade kannst du froh sein, dass ich dich nicht gleich achtkantig auf die Straße setze …«

Vor drei Tagen

Krächzend und jaulend bahnte sich das Modem seinen Weg ins Internet. Einige obskure Flötentöne und ein langes, schrilles Rauschen später öffnete sich vor ihm das Tor ins Datennetz. Etwas unbeholfen tippte Martin »Pan Sheol« ein und machte sich auf die Suche.

Anscheinend war es der Kult einer Fruchtbarkeitsgottheit gewesen, die die Alemannen bereits verehrt hatten. Offenbar gab es dann später einen Mönchsorden, der unter dem Namen des heiligen Medardus die letzten Anhänger des Pan-Sheol-Kultes aufgenommen hatte, der dann aber später in die Ungnade der Kirche gefallen war.

Und dann, noch mal fünfzig Jahre später, wurde die Gemeinde St. Donatius, in etwa am Rande des alten Wirkungskreises, auf etwa das doppelte Einzugsgebiet erweitert und, um den zweiten Heiligen erweitert, zur Gemeinde St. Medardus und Donatius umfunktioniert.

Weiterhin, so konnte Martin dort lesen, begann der Aufschwung in der Region in etwa zur gleichen Zeit. Ihr Geld stammte aus dem Agrarwesen, doch die Erträge lagen weit jenseits von dem, was in Nachbargemeinden erwirtschaftet wurde.

Martin blinzelte. Es war also wirklich ein Fruchtbarkeitsritual, was Pfarrer Linden da vorbereitete. Warum aber ein katholischer Geistlicher in einer Gemeinde in der Eifel heimlich ein heidnisches Fruchtbarkeitsritual vorbereitete, das erschloss sich ihm noch nicht.

Unsicher wählte Martin die Telefonnummer, die er in einem Forum gefunden hatte. Ob das so eine kluge Idee war, da war er sich bisher noch sehr unsicher.

»Enzling?« meldete sich eine Stimme am anderen Ende und unterbrach seine Gedankengänge.
»Herr Robert Enzling?«
»Kannst Robert sagen.«
»Angenehm, Martin Schaffenberg mein Name. Ich habe Ihre Beiträge in den diversen Foren rund um die Eifler Kultur und die Riten dort gelesen. Sehr spannend.«
»Danke. Wenn es auch ungewöhnlich ist, dass mich deshalb jemand anruft.«
»Nun, ich wohne selber in der Eifel, Gemeinde St. Medardus und Donatius. Ich ... wir bereiten hier gerade ein ganz seltenes, überliefertes und lokales Fest vor.«
»Oh, was für ein Fest?«
»Ein Fruchtbarkeitsfest, das, wenn ich nicht irre, noch auf vorchristliche Zeiten zurückgeht.«
»Sehr spannend!«
»Ich fragte mich, ob Sie nicht vielleicht Lust hätten, meine Freundin Sabine und mich hier zu besuchen und dem Fest beizuwohnen – und uns im Gegenzug etwas über die Hintergründe zu verraten.«
Für einen Moment herrschte Stille und Martin fürchtete schon, zu forsch gewesen zu sein. Dann aber ertönte der andere wieder.
»Sehr gerne sogar. Wann wäre das?«
»Das Fest findet über die nächsten Tage statt. Ich hoffe, dass das nicht zu kurzfristig ist?«
»Nein, das wird sich einrichten lassen, Herr Schaffenberg.«
»Sagen Sie Martin. Und fühlen Sie sich ruhig eingeladen, dann auch … dem Rest der Welt davon zu berichten, was hier im Ort so gefeiert wird.«
»Sehr gerne, Martin. Ich melde mich dann noch mal, wenn ich das Bahnticket gebucht habe.«

Als er wieder aufgelegt hatte, war sich Martin unsicher, was er gerade fühlte. Wer auch immer dieser Robert Enzling war, er schien eine gute Möglichkeit, jemanden von Außerhalb zu involvieren, ohne groß Alarm zu schlagen und dennoch dem Pfarrer zumindest die Möglichkeit zu nehmen, was auch immer er tun wollte, in aller Heimlichkeit zu tun.

Es kam ihm gar nicht in den Sinn, dass er den Enzling nicht nur als Marionette benutzen, sondern ihn vielleicht sogar in Gefahr bringen würde.

Heute

*E*s war nicht ganz einfach, das Gut Reichenfels zu finden. Es lag jenseits des Nachbarortes, was einmal mehr bedeutete, dass sich Robert mit dem lokalen Verkehr auseinandersetzen musste. Er hatte seine Lektion allerdings gelernt und nahm sich direkt ein Taxi.

Es war bereits Nachtmittag, als er über den Kies des Innenhofs auf die schwere, braune Pforte des Stifts zumarschierte. Das Wetter schlug scheinbar wieder um, dunkelgraue bis schwarze Wolken schienen so tief über dem Land zu hängen, als hätte man sie von dem Dach des Klosters aus greifen können. Das Gut lag auf einem Berg, sodass sich das Eifler Umland vor ihm ausbreitete und seine unberührte, nicht zu leugnende Schönheit entfaltete. Robert konnte sogar die Schienen erkennen, die in einiger Entfernung durch die Landschaft schnitten, und davon ausgehend abschätzen, aus welcher dieser Ansammlungen von Häusern er gerade gekommen war.

Hier und da leuchteten die Wolken vereinzelt auf. Ein fernes Rumpeln und Donnern kündigte ein neuerliches Gewitter an und klang, als habe das Land selbst geknurrt. Ansonsten herrschte eine schon fast gespenstische Stille, die er jäh durchbrach, als ich den schweren, gusseisernen Türklopfer gegen das Holz schlug.

Ein hagerer Mönch öffnete ihm die Türe. Er schien uralt und sehnig, aber seine Augen waren wach und so schilderte Robert ihm, was ihn hergeführt hatte. Jedenfalls eine Variation davon. Er sei auf der Suche nach alten Freunden, erklärte er dem Mann aus dem Kloster, aber er habe sie noch nicht gefunden. Pauls Mutter aber, die kenne er auch noch von früher und er wolle ihr von daher auch noch einmal »Hallo« sagen. Robert war kein guter Lügner und es entging ihm nicht, dass der Mönch ihm ganz offenkundig nicht ein einziges Wort glaubte.

Dennoch ließ er ihn eintreten. Robert konnte nicht sagen, was es war, dass ihm, nach diesem unüberzeugenden Auftritt, den Einlass ermöglichte. Vielleicht war es die Verzweiflung, die sich sicherlich nicht nur in seinem Inneren immer deutlicher abzeichnete. Vielleicht war es aber auch etwas anderes. Jedenfalls betrat Robert das augenscheinlich sehr alte Kloster und der Mönch führte ihn zu Pauls Mutter.

Die Zelle, in der sie lebte, war mehr als nur spartanisch. Sie war nicht so klein, wie sich Robert eine Klosterzelle immer vorgestellt hatte, aber nahezu leer. Es gab ein schmuckloses Bett unter dem Fenster, ein Kruzifix über der Zimmertüre, einen Heizkörper und einen kleinen Schrank, auf dem eine aufgeschlagene Bibel lag.

Der Mönch war nicht mit eingetreten, sondern hatte Robert an der Türe zurückgelassen, nachdem er ihn angekündigt hatte. So stand er nun in diesem Raum, von ihr, die unter dem Fenster saß und heraus schaute, so weit wie möglich entfernt, um sie nicht irgendwie zu bedrängen. Sie beachtete Robert einen langen Augenblick nicht, doch dann drehte sie sich um und Annegreth Kollenberg schaute ihm direkt in die Augen.

Ihr Blick ließ ihn erstarren. Er hatte die Formulierung, dass man einen »leeren Blick« haben könne, genauso schon gehört, aber dieser Blick war nicht einfach leer. Ihre Augen fixierten ihn, sie starrten nicht an ihm vorbei oder wirkten abwesend. Sie wirkten tot. Was auch immer dieser Frau widerfahren war, etwas hatte das Leben aus ihren Augen vertrieben und eine funktionierende, aber glanzlose Hülle zurückgelassen.

Was sollte Robert dieser Frau sagen? Sie hatte ein behindertes Kind zur Welt gebracht, hatte ihren Mann an ein gewaltiges Feuer verloren, von dem es hieß, er habe es vielleicht auch noch selbst gelegt. Wie konnte er das Wort an diesen gebrochenen Menschen richten, wo er eigentlich nicht mal genau wusste, weshalb er hier war? Er hatte nach Strohhalmen gegriffen, das wurde Robert just in diesem Moment klar. Hatte sich wild an Geheimnisse geklammert, die in diesem Ort existierten in der wirren Hoffnung, auf diesem Wege Martin und Sabine zu finden.

Er beschloss, einfach ehrlich zu sein.

»Entschuldigen Sie die Störung«, erklärte er, »so genau weiß ich auch nicht, was ich Sie nun fragen möchte.«

»Du bist hier, um mit mir über das Wetter zu reden.«

War das Ironie? Wahnsinn?

»Du verstehst nicht, was vor sich geht. Begreifst nicht, dass es nötig ist«, fuhr sie fort.

»Was ist nötig?«

»Kannst nicht begreifen, nicht erfassen, dass der Sommer seine Opfergabe verlangt.«

»Wovon reden Sie?«

»Ein Sturm zieht auf. Die Frist droht zu verstreichen. Noch konnte der Bote seine Saat nicht sähen. Du hast den Acker in Unordnung gebracht, denke ich. Wie Rudolph.«

»Ich–«

»Ich habe es damals auch nicht gewollt. Aber ich musste bestellt werden, damit die Saat sprießen konnte. Rudolph hat es damals versucht zu verhindern, aber das durfte er nicht. Er durfte den Ritus nicht verhindern.«

Es machte sich ein sehr bitterer Geschmack in Roberts Mund breit. Er war nicht sicher, ob diese Frau gerade das sagte, was er aus ihren Worten herauszuhören glaubte. Und er konnte nicht nachfragen – selbst wenn er gewollt hätte, er hätte es nicht fertig gebracht.

»Wo ist das damals geschehen?«

»Der Sommer ist erbarmungslos. Er erschafft Leben und behütet die Seinen, aber wer nicht für ihn gemacht ist, der verbrennt in seinem Licht.«

»WO?!«

Sie sah ihn an, als habe bemerke sie erneut zum ersten Mal, dass er im Raum stand.

»In der Scheune. Direkt neben der alten Mühle vom Tünn.«

Vorgestern

»Herr Schaffenberg? Meierwink hier vom Gorbach-Institut für Kulturstudien in Köln.«

Der Mann am Telefon klang freundlich, wenn auch müde. Kein Wunder, es war bereits nach neun und Martin hatte gar nicht mehr damit gerechnet, um diese Zeit noch einen Anruf zu erhalten. Er hatte sich, nachdem er mit Robert gesprochen hatte, noch an ein kleines privates Institut in Köln gewandt, aber dort nur mit einer Hilfskraft gesprochen. Dies war nun der Rückruf.

»Sie interessieren sich für den Pan Sheol-Kult, hat mir meine Assistentin ausrichten lassen?«

»In der Tat, ja, das tue ich.«

»Wollen Sie denn einmal vorbeikommen, wir haben da einige sehr aufschlussreiche Dokumente zu diesem eher delikaten Thema in der Bibliothek.«

»Delikates Thema?« fragte Martin nach.

»Na ja, deren Opferriten waren ja schon eher nichts für zart Besaitete …« erklärte sein Gesprächspartner mit der typisch neutralen Tonlage eines erfahrenen Dozenten.

»Dazu habe ich bisher kaum etwas gefunden, muss ich zugeben«, versuchte Martin, ihn aus der Reserve zu locken. Mit Erfolg.

»Also die Anhänger des Pan Sheol glaubten, es gäbe in ihrer Mitte stets einen, der ein direkter Abgesandter ihres Schutzpatrons ist. Und jedes Vierteljahrhundert, also etwa eine Generation später, muss er seine göttliche Auserwähltheit an ein neues Kind weitergeben.«

»Er zeugt ein Kind?«

»Ja, im Grunde tut er das. Allerdings war es selten so, dass das ganz freiwillig einherging, da man in den Kulten dazu tendierte, die würdige Mutter meist mehr als weniger dazu zu zwingen.«

Martin stand da, ein eiskalter Schauer jagte seinen Rücken herunter. Und dann rannte er los. Er ließ den Hörer, aus dem Meierwinks irritierte Stimme nach ihm rief, einfach liegen, rannte durch das Haus und in die Garage. Er schwang sich in sein kleines Auto, ließ den Motor aufheulen und rauschte mit quietschenden Reifen die Straße hinab.

Die Kegel seiner Scheinwerfer schnitten wie ein Messer durch die Dunkelheit der Nacht.

Heute

*E*s dämmerte bereits, als das Taxi ihn wieder absetzte. Robert hatte nur eine Scheune gesehen, als er in dem Ort unterwegs war, also setzte er alles auf eine Karte. Erneut glühten die roten Lampen der Windräder entlang des gesamten Horizonts auf und verblassten wieder, gaben der ganzen Szenerie einen geradezu irrealen Anstrich.

Mit einem einsamen Donnerschlag brach der Regen los, als haben sich alle Pforten des Himmels gleichzeitig geöffnet. Als Robert die Felder erreichte, war er bereits völlig durchnässt, aber vor der dunklen, teilweise fast grün anmutenden Wolkenfront zeichneten sich tatsächlich die Silhouetten einer Mühle und eines zweiten Gebäudes daneben ab. Dies, und die Schemen einiger Personen, verteilt auf allen Anhöhen rund um das Gebiet. Sie hatten Wachen aufgestellt!

Vorsichtig näherte sich Robert der Scheune. Er folgte Furchen und Gräben, nutzte jede Deckung, die er finden konnte und hielt beständig auf sein Ziel zu. Ein Mal fürchtete er, ein Blitz, der das ganze Gelände in grelles Tageslicht hüllte, habe seine Position verraten, aber offenbar waren die Wachen ebenso an die Dunkelheit gewöhnt wie Robert und wurden von dem Licht eher geblendet.

Also setzte Robert seinen Weg fort, lief gebückt, wie er es aus Filmen kannte. Wasser und Matsch spritzte unter seinen Füßen hervor, seine Haare klebten ihm durchnässt an Stirn und Schläfen, seine Kleidung schien regennass an seiner Haut zu haften. Ob es nun an seinen Versuchen lag, unerkannt zu bleiben, oder ob es reines Glück war, es gelang ihm tatsächlich, die Posten allesamt zu umgehen. Es dauerte länger, als ihm lieb war, aber letztlich fand er sich, den Rücken an das Holz der Scheune gepresst, seinem Ziel sehr nahe. Und er hörte ihre Gesänge. Robert verstand nicht, was sie dort sangen, aber das, was dort wie die wahnsinnige Version eines gregorianischen Chors erklang, jagte ihm kalte Schauer den Rücken herunter. Gelegentlich drang ein gedämpftes Kreischen nach draußen, als würde eine Frau trotz Knebel versuchen zu schreien. Leider besaß die Scheune keine Fenster, sodass er keine Möglichkeit hatte, einen Blick auf das Geschehen im Inneren zu werfen. Robert beschloss, dem Zufall keine Chance mehr zu geben. Er beschloss zu handeln.

Zeitgleich

*L*angsam kam Martin wieder zu sich. Verschwommen formten sich Schemen vor seinen Augen, nahmen nach und nach die Kontur einer alten Scheune an. Eine erstaunlich große Zahl Menschen stand dort versammelt, alle in eigenartige Roben gehüllt. Der dunkelgraue Stoff lag schwer auf ihren Schultern, Felle und Federn waren zum Schmuck daran angebracht und ausladende Kapuzen verbargen Teile ihrer Gesichter.

Ein seltsames Raunen und Rauschen erfüllte die Luft. In der Mitte der Versammelten stand Pfarrer Linden, ein altes Buch in der rechten Hand, die Linke wild gestikulierend erhoben. Vor dem Geistlichen lag jemand, daneben hockte jemand anders. Noch immer dröhnte sein Kopf und er musste die Augen fast schließen, um halbwegs klar sehen zu können.

Das Rauschen kam vom Regen, draußen tobte ein Sturm, das wurde ihm nun klar. Er war nicht gefesselt, stellte er fest, doch seine Gliedmaßen folgten nur sehr, sehr behäbig seinem Willen. Mühsam befühlte er seinen Schädel. Er schien noch heil zu sein, auch am Hinterkopf fühlte er sich fest an. Doch seine Haare waren verklebt und verkrustet, von seinem eigenen Blut, vermutete er.

Langsam erkannte er mehr – und augenblicklich schoss das Adrenalin durch seinen Körper. Die Person am Boden war Sabine!

Und der, der sich über sie kauerte, war Paul. Aber was konnte er tun?

Mühsam stemmte er seinen Körper ein Stück in die Höhe – es ging, aber er ließ es erst einmal dabei bewenden. Keine Aufmerksamkeit erregen, bevor er nicht wusste, was er tun konnte. Niemand beachtete ihn, man hatte ihn achtlos zwischen altem Werkzeug und einem rostigen Traktor liegengelassen, vermutlich glaubte niemand daran, dass er in der nächsten Zeit erwachen würde. Er hörte noch immer, als wären seine Ohren in Watte gepackt, verstand nicht, was der Pfarrer genau predigte. Auf was für eine schändliche Tat es hinauslaufen würde, das aber war ihm schmerzlich klar.

Plötzlich flog das Scheunentor auf und ein junger Mann stürmte in die Zeremonie hinein. Der Gesang versiegte, der Pfarrer unterbrach seine heidnische Predigt und alle Augen richteten sich auf den Fremden.

Martin hatte keine Ahnung, wer der Mann war, aber er sah wie die Versammelten begannen, sich langsam auf ihn zu zu bewegen. Auch dem Fremden schien klar zu werden, dass er chancenlos der schieren Masse an Leuten unterlegen war. Er hätte vielleicht fliehen können. Oder, weniger bedacht, eine Flucht nach vorne beginnen können. Aber er stand einfach nur da, als ein Ruf des Pfarrers die Gemeinschaft in Bewegung setzte. Wie Irre stürzten sie sich auf den Eindringling, überrannten ihn unter irrem Geschrei, rangen ihn zu Boden und begannen, auf ihn einzuschlagen.

Nur auf Martin achtete in diesem Moment niemand. Sein Blick haftete an einer rostigen Sense, die nur wenige Schritte von ihm entfernt an einem alten Generator lehnte.

Er sprang auf, so gut es möglich war, ohne gleich wieder in die andere Richtung zu Boden zu stürzen, ergriff die Sense und durchquerte, halb rennend, halb schwankend die Scheune. Sie alle standen mit dem Rücken zu ihm und einzig Paul stand zwischen ihm und Sabine.

Er umfasste den Griff der Sense mit beiden Händen und holte aus.

Epilog

Als Robert der erste Schlag traf, war er erstaunt, wie schmerzhaft es war. Er hatte Zeit seines Lebens Kämpfe und Konflikte vermieden und war niemals jenseits einer Schulhofkeilerei gefordert worden. Während er noch darüber nachdachte, wie eigenartig es war, dass gerade diese Betrachtung durch seinen Kopf ging, trafen ihn die nächsten Hiebe und er ging, Schlag für Schlag, zu Boden.

Die Attacken gingen dutzendweise auf ihn ein, rissen seine Haut auf, irgendwo in seiner Brust knackte es zwei Mal. Er schlug hart auf den Boden auf, seine gesamte rechte Gesichtshälfte schien zu Glühen, als stünde sie in Flammen. Ein Tritt traf ihn halb am Ohr, halb an der Schläfe und das Pochen, das sich seiner danach bemächtigte, war eigenartig dumpf. Er spürte warmes Blut über seinen Körper fließen, registrierte fast beiläufig, wie einer seiner Finger brach.

Es war, als wäre er Zuschauer in seinem eigenen Körper, als ihn schließlich, viele Schläge und Tritte später, Hände griffen und in die Höhe stemmten. Pfarrer Linden blickte ihn zornesrot an, die Augen zu kalten Schlitzen verengt.

Und dann geschahen viele Dinge gleichzeitig. Ein anderer, junger Mann tauchte zwischen den ganzen, alten Werkzeugen am Kopfende der Scheune auf, eine Sense schwingend. Er versenkte die rostige, lange Schneide tief in Pauls Körper, riss den Jungen mit einem einzigen Hieb von den Füßen und ließ ihn, mitsamt der mit Blut getränkten Waffe, zu Boden gehen.

Der Pfarrer fuhr herum, doch hatte der andere junge Mann die junge Frau, die unbekleidet dort am Boden gelegen hatte, bereits auf die Füße gezogen und rannte mit ihr auf das Scheunentor zu. Pfarrer Linden schien unter Schock, unfähig, irgendeine Handlung zu unternehmen, starrte nur entgeistert auf Pauls Leichnam, der reglos in Stroh und seinem eigenen Blut lag.

Der Sturm draußen schien noch einmal schlimmer zu werden. Der Pfarrer sank vor dem Toten auf die Knie, untermalt von Blitz und Donner. Ein weiterer Schlag traf Robert nun am Hinterkopf. Irgendetwas knackte.

Er sank zu Boden, unfähig, sich noch irgendwie zu regen. Seine Augen waren auf das offene Scheunentor gerichtet, auf das gnadenlose Unwetter, in dem das gesamte Umland versinken zu schien.

Roberts letzter Gedanke waren Worte, die ihm Annegreth gesagt hatte. »Der Sommer ist erbarmungslos. Er erschafft Leben und behütet die Seinen, aber wer nicht für ihn gemacht ist, der verbrennt in seinem Licht.«

Sie schienen unglaublich wahr in diesem Moment.

Verfluchte Eifel

I

Die Morgendämmerung hatte eingesetzt und zaghaft ertasteten sich die ersten Sonnenstrahlen ihren Weg in das Hohe Venn. Einzelne Nebelschwaden hielten sich in schattigen Winkeln verborgen und karg ragten halbtote Pflanzen aus dem Dunst empor.

Die Stille wurde von den schnellen, kräftigen Tritten schwerer Armeestiefel durchbrochen. Der Soldat aber hatte keine Gelegenheit, die Romantik der Szenerie zu genießen. Er rannte durch das Dickicht, als wäre der Teufel persönlich hinter ihm her. Der französische Armeemantel hing in Fetzen, seine Ledertasche schlug an einem sich langsam lösenden Gurt um ihn und sein Helm war schon lange verrutscht. Aber er konnte nicht stehenbleiben. Er umklammerte seine golden glänzende Beute so fest er konnte und versuchte, noch einmal neue Kraft in seinen Sprint zu legen. Es ging nicht. Die erste Baumreihe eines nahen Wäldchens lag vor ihm wie ein Versprechen auf Erlösung, nah und doch schier unerreichbar fern. Er durfte nur seine Beute nicht verlieren!

»Arretez! Hautes les mains!«

Die Stimme eines seiner Häscher drang entfernt an sein Ohr und er wandte den Kopf nach hinten. Sie waren zwei. Ebenfalls in französische Uniformen gekleidet, allerdings offenbar weniger erschöpft als er, schienen sie mit jedem ihrer ausholenden Schritte die Distanz zu ihm ein kleines bisschen zu verringern. Ihre Armeemäntel flatterten hinter ihnen wie Flügel und der Gejagte erkannte, dass sie bewaffnet waren. Vielleicht würde er den Wald rechtzeitig erreichen, vielleicht …

Als er sah, dass einer der Verfolger niederkniete und sein Gewehr in den Anschlag brachte, richtete er seinen Blick wieder nach vorne. Vielleicht hätte er unter anderen Umständen zu Gott gebetet, aber das erschien ihm nun wie ein Fehler. Nur noch zehn Meter bis zu den Bäumen. Acht. Fünf. Nur noch weniger Schritte.

Und dann ertönte der Schuss.

Der Soldat hatte das Gefühl, er würde den Knall erst hören, nachdem der Schmerz bereits durch seinen Körper gejagt war. Er stürzte, ein Schmerzensschrei entwich seiner Kehle. Die Kugel hatte ihn an der Schulter getroffen, das bemerkte er mit seltsam entrückter Klarheit. Der Arm war taub und als er sich an die schmerzende Stelle griff, spürte er eine klebrige, warme Flüssigkeit an seinen Fingern. Für einen Augenblick haftete sein Blick an den roten Flecken. Noch aber war der Schmerz auszuhalten, noch hatten ihn die Verfolger nicht erreicht.

Erneut schloss er seine nun blutigen Finger um seine Beute, hob das in Stoff eingeschlagene, goldene Bündel auf und begann, mehr fallend als gehend, sich seinen Weg in den Wald zu bahnen.

»Je crois que tu l'a blesser.«

»Poursuives le! Il ne peut plus aller bien loin!«

Er ignorierte die Rufe seiner Verfolger. Wenn er sie noch abhängen wollte, dann hatte er keine Zeit zu verschwenden. Es war noch dunkel in dem Wald, die frühe Morgensonne hatte das Dickicht noch nicht durchdrungen, ließ keinen Blick auf den Boden zu, auf dem er entlangstolperte und der Soldat hoffte, dass seine Verfolger ihn zumindest nun auch schlechter sehen würden.

Es wurde mit jedem Meter schwerer, seine Füße durch das Unterholz zu bewegen. Farben tanzten vor seinen Augen, alles schien sich um ihn zu drehen. Seine Lunge brannte ob des langen Sprints und seine Schulter begann, langsam aber sicher, einen pulsierenden Schmerz durch den ganzen Körper zu schicken. Seine Uniform war warm und klebrig rund um die Stelle, wo die Kugel seiner ehemaligen Landesbrüder ihn getroffen hatte. Ihm war, als wenn alleine das schwere Gewicht, das er in dem Bündel vor sich trug, ihm noch Kraft gäbe.

Aber dieser Krieg brachte ohnehin jedem den Tod. Wäre er jetzt nicht hier von einer Kugel getroffen worden, irgendwann auf freiem Feld wäre es sicher passiert. Jetzt aber hielt er ein goldenes Altarkreuz in seinen Händen und wenn er nur einen Hehler finden würde, dann hätte er ausgesorgt. Nie wieder durch den Schlamm---

Sein Gedankenfluss riss jäh ab, als sein rechter Fuß ins Leere trat. Ehe der Soldat sich versah, stürzte er einen steilen Hang herab. Er schlug wieder und wieder gegen Bäume, Wurzeln und Steine, doch war er mittlerweile einfach zu schwach, um sich gegen sein Schicksal noch zu wehren. Er hielt nur mit letzter Kraft das Kreuz in der Hand, war nicht bereit, diesen einen Fund wieder freizugeben. Mehrfach schlug er auch mit dem Kopf hart auf und sein Helm alleine war wohl der Grund, weshalb er lebend unten ankam.

Schmerzhaft schlug er endlich auf dem Boden auf. Das letzte bisschen Luft entwich seiner Lunge und er konnte nur hilflos zuschauen, wie zwei blaue Armeemäntel am oberen Ende des Abhangs sichtbar wurden. Der Soldat, angeschossen und ausgelaugt, blieb liegen – und offenbar hatte er Glück, denn seine Verfolger kehrten um. Vermutlich hatten sie ihn am Fuße des Steilhangs in der fahlen Dämmerung nicht gesehen.

Die Flucht war vorbei. Es fehlt die Kraft, sie fortzusetzen. Während bereits schwarze und weiße Punkte vor seinen Augen tanzten, ließ er seinen Blick schweifen. Nur wenige Meter von ihm entfernt war eine kleine Höhle in der Felswand, kaum mehr als ein Fuchsbau.

Wenn er nur bis dort käme. Er brauchte nur eine Chance, neue Kräfte zu sammeln.

Langsam begann der französische Deserteur, sich mit letzter Kraft in die Höhle zu ziehen.

II

Nebelschwaden verdeckten große Teile des Umlands, als der übervolle Corsa sich mühsam die Serpentinen durch den Wald entlang quälte. Mit fünf schlanken Studenten nebst Gepäck hatten sie den Kleinwagen ohnehin bereits an die Grenzen getrieben und jeder von ihnen sehnte sich danach, endlich anzukommen.

»»Der Dieb ist damals seinen Verfolgern zwar entkommen, aber Glück hat es ihm das nicht gebracht.«« verlas Hendrik mit einem leichten Grinsen im Gesicht. »»Schwer verwundet verkroch er sich im Wald, wo er seinen Verletzungen erlag. Und so muss seine verfluchte Seele nun den geraubten Schatz bewachen, auf dass dieser ewig in ungeweihter Erde ruhen möge. Und man sagt, dass sein ruheloser Geist noch heute dort umgeht und all diejenigen vertreibt, die nach seinem Gold suchen.««

Erwartungsvoll blickte er sich im Wagen um, stieß mit seinem kleinen Vortrag aus einem Buch über lokale Mythen auf gemischte Reaktionen. Natalie, die zu seiner Rechten auf der Rückbank saß, schaute ihn mit großen Augen an, als fürchte sie, der Geist würde jeden Moment in dieses Auto einfahren. Roman, zu seiner Linken, beschäftigte sich lieber mit seiner Kamera und ließ gerade ein neues Objektiv in den Bajonettverschluss einrasten, nur um danach versuchsweise Ziel auf die vorbeirauschenden Tannen und Laubbäume zu nehmen.

Auf dem Beifahrersitz hob Tobias seinen Kopf aus den Karten und blickte seine Freundin Anja, die am Steuer saß, etwas verloren an. Schnell hatten sie gemerkt, dass Kartenwerk und echte Straßen hier nur wenig miteinander zu tun hatten. Anja aber wirkte ruhig und entspannt, was ihm genügte. Er lehnte sich in dem Sitz, soweit es möglich war, zurück, reckte und streckte sich und meinte dann, zu Anja wie auch zum Rest: »Was meint ihr, das werden ein paar schöne Tage hier, oder?«

Natalie nickte, Hendrik aber neigte sich vor und meinte, noch immer in der Stimmlage, in der er die Schauergeschichte vorgetragen hatte: »Aber vergiss nicht, wir sind nicht nur zum Vergnügen hier.«

Tobias lächelte vor sich hin, Anja aber verdrehte nur die Augen.

Sie hatte von Anfang an wenig Verständnis für ihre »Spukgeschichte« gehabt, wie sie es nannte. Immerhin hatte sie, wie so oft, viel Geduld mit ihnen.

Tobias ließ seinen Blick noch mal über die Rückbank wandern. Sie waren ja schon eine bunt gemischte Gruppe. Über Anja konnte er natürlich immer wieder ins Schwärmen geraten. Eine bildschöne Frau, akkurat gekleidet mit ordentlicher Frisur, ein Traum. Die Augen konzentriert auf die Straße gerichtet, so wie sie Dinge immer konzentriert erledigte.

Auf der Rückbank saß dann zunächst einmal Anjas beste Freundin Natalie. Tobias hatte nie viel Zugang zu ihr gefunden, zu sehr hatte sie sich in der Esoterik fest gebissen. Man sah es ihr auch an: Ein bunter Wollpullover, braune Kordhose und ein eindeutiger Überschuss an Glücks- und Heilsbringern an ihrem Hals. Eine mit Klebeband geflickte Brille verdeckte einen Teil ihres schmalen, an sich sehr schönen Gesichtes.

Daneben saß Hendrik. Tobias und er waren Freunde, solange sie sich erinnern konnten. Manche sagten, Hendrik sei Tobias' wilder Zwillingsbruder, denn wo Tobias den ordentlichen Studenten markierte, war Hendrik eher der Draufgänger der beiden. Allerdings war er ein Engel gegenüber dem zweiten Mann auf der Rückbank: Roman. Roman war, wenn es nach Tobias ging, irre. Einfach wahnsinnig.

Er war ein zweifelsohne begnadeter Fotograf, aber wie auch Anja immer sagte, war Roman der lebende Beweis, dass man Genie und Wahnsinn nicht trennen konnte. Alleine sein Blick, immer starr, immer direkt und dabei stets von seinen markanten Augenbrauen betont. Meist wirkte er so, als würde er jederzeit darüber nachdenken, seinem Gegenüber etwas anzutun.

Tobias war sich noch immer unsicher, ob es ihn dabei nun beruhigen oder beunruhigen sollte, dass es dabei zumindest gar keinen Unterschied machte, wen Roman da gerade anstarrte. Aber sie hatten ja einen guten Grund, ihn mitzunehmen, das war keine Frage.

Natalie schien dazu auch noch ganz eigene Interessen zu haben. Amüsiert bemerkte Tobias, wie ihr Blick immer wieder an Hendrik vorbei ging und sie versonnen und verträumt den Fotografen musterte.

Erst jetzt bemerkte er, dass Roman seinen Blick erwiderte. Er hatte die Kamera fertig verpackt, beugte sich nun vor, ohne die Augen von Tobias abzuwenden und fragte, mit gewohnt leiser Stimme: »Was genau wollt ihr eigentlich hier?«

Tobias ergriff erleichtert die Gelegenheit, sich auf sicheres Terrain zu begeben:

»Also, es gibt hier eine lokale Spukgeschichte, das vor etwa 90 Jahren ein Dieb mit einem Schatz im Venn umgekommen sein soll ...«

Hendrik fiel ihm ins Wort und führte, wie so oft, den Gedanken weiter, den Tobias begonnen hatte:

»Seitdem geht seine verfluchte Seele als ruheloser Geist im Hochmoor um, um all jene zu vertreiben, die nach seinem Schatz suchen ...«

»Denn es war eine Kirche, die er ausgeraubt hatte, und als er im Sterben gelegen habe, sei der Teufel selbst vor ihm erschienen und habe ihm angeboten, dass noch nicht alles aus sein müsse. Nur seine Seele müsse der Soldat hergeben.«

»Der Soldat willigte ein«, fuhr Hendrik fort. »Nur hatte er sich das vermutlich anders gedacht, denn der Teufel schenkte ihm kein neues Leben, sondern knechtete ihn, damit er für immer das Diebesgut im Venn hüte und verhindere, dass Gottes Habseligkeiten jemals wieder auf geweihten Boden getragen würden.«

Natalie blickte unsicher zwischen den drei Jungs umher und fragte dann:

»Ihr wollt wirklich nach einem Spuk suchen?«

»Ist natürlich nur ein Schauermärchen aus der Region«, erklärte Tobias. »Aber es steckt hier ein wahrer Kern dahinter.«

»Sehr wahrscheinlich beruht die Sage auf einem wahren Fall von Kirchenraub«, ergänzte Hendrik.

»Und damit bildet sie eine perfekte Grundlage für unsere Abschlussarbeit, finden wir.«

»Der Raub hat sich Ende des ersten Weltkrieges hier in einer kleinen belgischen Gemeinde zugetragen, als die Gegend noch unter französischer Besatzung stand.«

»Falls Hendrik und ich eins und eins richtig zusammengezählt haben,« schloss Tobias, »dann floh der Räuber ganz hier in der Nähe zu einer Felsformation im Hohen Venn. Die heißt heute noch im Volksmund ‚der Teufelsturm'.«

Natalie war die Verunsicherung deutlich ins Gesicht geschrieben.

»Teufelsturm?« fragte sie.

»Da musst du dir keine Sorgen machen«, erklärte Hendrik mit einem warmen Lächeln. »Hier in der Eifel gibt es Dutzende solcher Orte. Teufelsley, Teufelssteine, Teufelsbach, die heißen alle so. Da musst du dir keine Gedanken machen.«

»Außerdem Natalie, wir wollen ja kein Gespenst jagen, sondern nur den wahren Kern der Sage ergründen.«

»Und vielleicht den Schatz finden..«, witzelte Hendrik.

Roman räusperte sich. »Dafür müssten wir dann aber erst mal das Dorf finden.«

Tobias fixierte ihn kühl und setzte an, etwas zu erwidern, aber Anja fiel im schnell ins Wort:

»Ich glaube, da vorne ist es. Wohin muss ich jetzt weiter fahren?«

Das Dorf war sicherlich nicht beeindruckend. Eine kleine Ansammlung mehr oder weniger ansehnlicher Häuser, die vermutlich vor viel zu vielen Jahren gebaut und in den 70ern zuletzt saniert worden waren, durchzogen von zwei engen, winkligen Gassen, auf denen kaum zwei Autos nebeneinander Platz finden würden. Roman, Hendrik und Natalie beäugten skeptisch ihren Urlaubsort, Anja dagegen blickte nur fragend zu ihrem Freund, der erneut sichtlich planlos auf die Straßenkarte schaute.

»Die Hälfte der Feldwege hier ist nicht mal eingezeichnet«, verkündete er schließlich. Nach einem Moment ergänzt er:

»Fragen wir besser einfach im Ort mal nach, dort wird man uns sicherlich weiterhelfen können.«

Sie hatten den Corsa auf einem kleinen Parkplatz abgestellt. Jeder von ihnen genoss das Gefühl, nach der langen Fahrt die Beine mal wieder richtig strecken zu können und man kam nicht umhin, die frische Landluft tatsächlich ein wenig zu loben.

Ehe ein anderweitiger Plan gefasst werden konnte, hatte Anja verkündet, sich im örtlichen Laden um die Einkäufe für ihren ersten Abend vor Ort zu kümmern und war mit Natalie abgezogen. Die drei Jungs standen nun noch bei dem Wagen, schauten den beiden nach und ließen ihre Blicke dann etwas ratlos über das Dorf wandern. Es war halb sechs und bereits jetzt schienen die Bürgersteige hochgeklappt worden zu sein.

Wo sollten sie denn hier Rat finden?

Es war Hendrik, der die Musik zuerst hörte. Gemeinsam folgte man dem Zeichen von Zivilisation um zwei Hausecken – und stand dem gegenüber, was man wohl als die Gang des Ortes bezeichnen konnte. Untermalt von lauter, aber schlecht eingespielter Rockmusik standen dort fünf Gestalten, eine verschrobener als die andere. Sie waren wohl im Schnitt ein wenig älter als Tobias und trugen größtteils dreckige Pullover, abgewetzte Jacken voller Farbflecken und Blaumänner. Nur der offensichtliche Rädelsführer in der Mitte fiel noch mal aus dem Bild, trug eine Lederjacke, unnötigerweise eine Sonnenbrille und jonglierte, recht geschickt, einen Zigarillo von einem Mundwinkel in den anderen. Er hieß wohl Arndt, so jedenfalls tuschelten ihn seine Kumpanen an, als die Jungs näher kamen. Und ausgerechnet er war es, an den sich Hendrik wandte:

»'tschuldigung. Könnt ihr uns sagen, wo es hier zur Wiese von Bauer Rolf geht?«

Die komplette Bande geriet in Bewegung. Der in der Lederjacke trat vor, die restlichen Gestalten hingegen bauten sich in einem Halbkreis hinter ihm auf und schienen so eine regelrechte Front zu bilden. Hendrik ließ sich von dem Auftreten nicht über Gebühr beeindrucken, Tobias hingegen war zumindest vorsichtig. Man wusste ja nie, wie so Leute wirklich tickten. Roman fixierte den Kerl in der Lederjacke mit leicht zur Schulter geneigtem Kopf. Was immer das bei ihm bedeuten mochte.

»Wat wollt ihr denn da?« kam endlich die Gegenfrage.

»Zelten«, erklärte Hendrik ruhig. »Die Wiese gehört einem Vewandten von ihm hier«, Er deutete auf Roman.

»Also, könnt ihr uns sagen, wie wir da hin kommen?«

Der andere nahm einen langen Schluck aus seiner Bierflasche, schnaubte dann verächtlich und blickte eine der Querstraßen herunter.

»Hmm, ihr fahrt hier dat Dorf runter und dann die nächste Straße rechts. Da kommt ihr dann an 'nen Feldweg, den fahrt ihr auch weiter runter und dann seid ihr auch schon da. Janz einfach.«

Die drei nickten noch mal und machten dann schnell kehrt, nur um auf dem Rückweg noch von dem hämischen Gelächter der seltsamen Gruppe begleitet zu werden. Zwar verstanden sie nicht die Kommentare, die gemacht wurden, die Reaktionen in der Gruppe war allerdings eindeutig.

Tobias war sichtlich froh, als sie am Wagen wieder mit Anja und Natalie zusammentrafen, die gerade zwei große Einkaufstaschen im Kofferraum verstauten.

»Und,« fragte Anja, »wisst ihr jetzt, wo wir hin müssen?«

»Wir haben Ureinwohner gefunden, die uns den Weg weisen konnten«, knurrte Roman.

Hendrik lächelte zynisch. »Ist 'ne richtig nette Gegend hier.«

Sie folgten der Strecke, die man ihnen gesagt hatte, was auch dazu führte, dass sie erneut an der Bande vorbei fuhren. Die Kommentare, Piffe und Gesten, mit denen die zwei Frauen im Wagen von ihnen bedacht wurden, waren dabei sehr eindeutig.

Natalie blickte der Gruppe Angst erfüllt nach, bis sie um die nächste Ecke auf den angesprochenen Feldweg fuhren.

»Ich hoffe, denen laufen wir nicht noch mal über den Weg«, brachte sie mit zitternder Stimme hervor. Anja hingegen war sichtlich unbeeindruckt und erklärte, als würde sie eine Psychologie-Vorlesung dozieren:

»Ach, das ist doch alles Macho-Gehabe. Die markieren doch nur den starken Mann, um ihr Revier zu verteidigen und um sich vor Frauen wichtig zu machen.«

»Und ich dachte, das wäre nur bei Tieren so ausgeprägt«, murmelte Tobias vor sich hin.

»Viel Unterschied sehe ich auch nicht«, grummelte Roman.

Das Auto schien über die zahlreichen Bodenwellen zu hüpfen, als sie langsam und vorsichtig von dem Feldweg auf die Wiese einbogen. Hohes Gras ragte überall empor und hätte mit etwas Pech leicht einen Baumstumpf, eine Wurzel oder ein kleineres Loch verbergen und damit ihren Unterboden ernsthaft beschädigen können. Aber sie kamen wohlbehalten an.

Bäume säumten die Wiese zu allen Seiten, selbst an der, die neben dem Feldweg verlief. Ein großer Stapel Holz, offenbar gefällte Bäume, die zum Trocknen dort gelagert wurden, ragte an einem Ende der Fläche empor, ansonsten war der Platz vor allem leer. Über den Bäumen konnten sie auf einige beeindruckende Wolkentürme herauf schauen, die majestätisch über dem ganzen Umland zu thronen schienen. Sie fuhren weiter parallel zum Feldweg, bis sie die angrenzende Baumreihe erreichten, um ihre Zelte einigermaßen windgeschützt aufschlagen zu können. Anja machte den Wagen aus und erneut kletterten sie, einer nach dem anderen, aus dem kleinen Innenraum. Auch wenn diese Fahrt weitaus kürzer gewesen war als ihre eigentliche Anreise, ihre Knie dankten ihnen doch die Möglichkeit, wieder gerade stehen zu können. Zwar hatte noch keiner von ihnen die 30 erreicht, doch die lange Fahrt in dem kleinen Wagen gab ihnen das Gefühl, locker das doppelte Alter zu haben.

Tobias öffnete bereits den Kofferraum, als ihnen der Mann auffiel, der gerade aus dem Wald auf die Wiese trat. Eine grüne Latzhose verbarg den größeren Teil eines weiß-rot karierten Hemdes, beides zusammen wiederum spannte sich über eine zwar nicht wirklich dicke, aber sehr bullige Gestalt. Das Gesicht des Mannes war freundlich, auch wenn sein etwas wirr anmutender Vollbart es schwer machte, den genauen Gesichtsausdruck zu deuten. Es war Roman, der das Wort ergriff und den Fremden grüßte.

»Tach«, kam als kurze Antwort. Die anderen grüßten ebenfalls freundlich, bevor Roman sich vorstellte:

»Sie müssen Bauer Rolf sein, richtig? Ich bin Roman Landvogt, Sie erinnern sich?«

»Ach, der Roman, klar! Geht's deinen Eltern gut?«

»Ja, denen geht es gut, ich soll Sie auch von ihnen grüßen.«

Die anderen waren verblüfft. Es war nicht nur das erste Mal, dass sie Roman normal reden hörten, wie er dort freundlich Kindheitserinnerungen austauschte, sogar Bauer Rolf lächelte jetzt.

»Also, das hier ist die Wiese«, erklärte er. »Kommt ihr damit klar?«

»Sicherlich«, versicherte Tobias.

»Gibt sonst auch nicht viel zu erklären. Ich wünsch' euch dann einfach mal noch ein paar schöne Tage hier. Falls was ist – einfach hier durch den Wald, da hinten ist mein Hof. Da muss ich jetzt auch wieder hin, mal nach dem Viehzeuch schauen.«

Sie bedankten sich, Bauer Rolf hob die Hand zum Gruß und war dann wieder zwischen den Bäumen verschwunden. Neugierig ließ die Gruppe ihre Blicke noch mal über das Gelände wandern. Die Sonne stand schon ziemlich tief, wie ihnen allen gleichzeitig auffiel.

»Los, lasst uns die Zelte aufbauen,« bestimmte Hendrik, »solange wir noch Licht haben.«

Der Aufbau der Zelte verlief mit sehr unterschiedlichem Erfolg. Anja und Natalie befolgten tapfer und unter dem Spott der Jungs die Anleitung, die beigelegt war, und errichteten ein schon geradezu pedantisch akkurat aufgestelltes, kleines Zelt.

Tobias und Hendrik waren sich sicher, dass es unter ihrer Ehre sei, auf so etwas wie eine Anleitung zurückzugreifen und versuchten daher nach Gefühl, dem Zelt eine Form zu geben. Der Erfolg war zumindest strittig. Während Anja bereits den kleinen Gaskocher aufgebaut und Natalie ihr kleines Abendessen vorbereitet hatte, gelang es den Beiden zwar, dem Zelt eine generelle, runde Form zu geben, allerdings wich diese verdächtig stark von der des anderen Zeltes ab. Nachdem sie die Schnüre, die eigentlich als zusätzliche Sturmverspannung gedacht waren, noch einsetzten, um die Spitze des Zeltes auch halbwegs mittig zu fixieren, waren sie mit ihrem Ergebnis zwar zufrieden, aber es war nun wiederum an den Mädchen, sie den Spott spüren zu lassen.

Roman zog es vor allem vor, einige dramatische Photos des Bauunternehmens zu schießen.

Ein wenig später saßen sie dann aber alle um ein kleines Feuerchen versammelt und aßen einen angenehm warmen Eintopf gegen die Kälte der Eifler Nacht, die sich über sie herab gesenkt hatte. In der geselligen Runde ließen sie den Tag Revue passieren. Natalie kuschelte sich gerade in ihre Strickjacke, als Anja mit zwei neuen Flaschen zur Gruppe zurück kam, einen weiteren Blick auf die Lagerstätte der Jungs warf und mit schiefem Grinsen nachsetzte: »Und ihr wollt wirklich darin übernachten?«

»Wieso denn nicht?« fragte Tobias mit übertriebener Selbstverständlichkeit. »Sieht doch super aus.«

»Geradezu perfekt«, fügte Hendrik an. »So ist das halt. Wenn Männer Häuser bauen!«

Anja verdrehte die Augen und ließ sich neben Natalie nieder, deren Augen allerdings nur an Roman hafteten. Der versuchte gerade, verschiedene Kleinteile aus seiner Kameratasche im Schein des Feuers zu sortieren.

»Was steht für morgen an?« fragte sie schließlich.

»Dachte, wir machen zuerst mal einen kleinen Ausflug zum Teufelsturm«, erklärte Hendrik, während er die letzten Reste der Suppe aus seiner Zinnschale kratzte. »Der sollte hier ja ganz in der Nähe sein.«

Roman blickte von seinen Utensilien auf und meinte, fast tonlos sprechend: »Dann kann ich auch direkt ein paar Eindrücke der Gegend festhalten. Wisst ihr, so früh morgens, mit all dem Nebel, da kann man meistens-«

Anja fiel ihm einfach ins Wort: »Naja, Bewegung am Morgen tut ja auch mal gut.«

Tobias wusste nicht recht, wie er Anjas Blick in seine Richtung in dem Moment deuten sollte. Bevor er aber weiter nachfragen konnte, erkundigte Natalie sich: »Aber wir werden jetzt nicht den ganzen Tag nur durch die Wildnis wandern, oder?«

»Ich passe schon auf, dass das für uns hier auch wirklich Urlaub wird«, versicherte Anja.

»Hey, für uns ist das Spaß!« warf Tobias gespielt entrüstet ein.

»Freaks«, formte Anja lächelnd mit den Lippen, was Tobias nur grinsend nachäffte.

Hendrik wandte sich an Roman: »Und du hast also Verwandte hier in der Ecke?«

»Ja«, lautete die Antwort. Dann packte er mit einigen, wenigen Handgriffen die letzten Teile seiner Ausrüstung wieder ein und stand auf. Er wirkte fast Furcht einflößend mit dem Schatten, der sich in seinem Gesicht rund um seinen Kinnbart abzeichnete, als er mit seiner Grabesstimme erklärte: »Bin hundemüde nach der langen Fahrt und lege mich jetzt hin. Wollen ja morgen früh fit sein.«

Und so verschwand er, von einem viel zu leise gesprochenen »Schlaf schön«, von Natalie begleitet, im Zelt. Die anderen beschlossen aber, es ihm gleichzutun und nachdem sie gemeinsam aufgeräumt und das Feuer gelöscht hatten, verabschiedeten sie sich von einander und gingen zu Bett.

Auf dem Weg zu ihrem Zelt fragte Hendrik, einen Seitenblick auf das zweite Zelt werfend: »Und warum genau schläfst du nicht im selben Zelt wie Anja?«

»Damit Natalie nicht in einem Zelt mit euch schlafen muss.«

Tobias wusste nicht genau, was er aus dem Blick machen sollte, den Hendrik zum Zelt der Mädchen warf. Er war aber auch zu müde, lange darüber nachzudenken und verschwand in ihrem.

Sein Freund folgte ihm einige Sekunden später.

III

Schlagartig war Natalie wach. Ein Scharren hatte sie aus dem Schlaf gerissen. Als zöge man einen Haken über eine Metallfläche, fast einem Kreischen gleich. Dazu hörte sie nun, wo sie einen Moment wach war, ein Rumpeln und Rasseln, fast ein Donnern.

Langsam drehte sie sich um – Anja schlief tief und fest. Sie tippte sie an, dann rüttelte sie regelrecht an ihrer Schulter.

»Anja? Anja, hörst du das auch?«

Ihre Freundin aber gab nur ein dumpfes Brummen von sich und zog sich den Schlafsack noch einmal höher vor das Gesicht. Doch Natalie ließ nicht locker und als Anja den panischen Ausdruck in ihrem Gesicht bemerkte, lauschte sie und hörte ebenfalls die langsam verebbenden Geräusche draußen.

»Wenn es dich beruhigt, dann schaue ich mal nach.«

Vorsichtig trat Anja aus dem Zelt. Die Nacht war dunkel fernab aller Laternen und kalt, zu kalt für Hemd und Pyjama-Hose. Natalie trat hinter ihr ins Freie und kuschelte sich schon fast an sie.

Sie ließ die Taschenlampe aufleuchten und den Lichtkegel die Bäume entlang wandern. Tatsächlich! Es war nur ein Augenblick, bevor der Schemen schon wieder im Schatten zwischen den Bäumen verschwand – aber da hatte jemand gestanden! Sie hatte nicht erkennen können, wer es war, aber zumindest Bauer Rolf konnte es nicht gewesen sein, dafür war der Schemen zu hager gewesen.

Die Geräusche waren verklungen. War es vielleicht einer der Jungs gewesen?

»Hendrik, Tobias?« rief sie, auch wenn Natalie zusammen zuckte und ihr hektisch bedeutete, leise zu sein. »Seid ihr das?«

»Was ist los?« erklang Tobias' Stimme. Allerdings nicht vom Wald her, sondern direkt hinter ihnen.

Sie fuhren herum und sahen die drei Jungs von ihrem Zelt herbeitreten. Auch sie waren offensichtlich überhastet aufgebrochen und trugen wenig mehr als Shorts und

Taschenlampen mit sich. Aber wenn sie alle drei aus dem Zelt kamen, dann war die Gestalt am Waldrand---

»Habt ihr das auch bemerkt?« riss Hendrik sie aus dem Gedanken.

»Diese lauten Geräusche?« fragte Natalie, und die anderen nickten.

»Ja, darum sind wir auch aus dem Zelt gekommen …« erklärte Tobias, und Hendrik führte fort:

»… wir dachten uns, nicht, dass ihr noch Angst habt, alleine hier draußen.«

Anja ließ das Licht erneut über den Waldrand wandern, aber von dem Schemen war nichts mehr zu entdecken.

»Da draußen war irgendjemand. Hab ihn gerade noch zwischen den Bäumen verschwinden sehen.« All ihre Blicke folgten dem Waldrand, doch dort war nichts mehr zu erkennen.

»Die Geräusche sind verklungen«, kommentierte Roman unerwartet. Einen Moment schauten ihn alle etwas irritiert an, aber er fixierte nur einen scheinbar willkürlichen Punkt irgendwo im Wald.

Tobias schlug letztlich vor, wieder in die Zelte zu gehen. Niemand habe etwas davon, sich jetzt noch in der kühlen Nacht zu erkälten.

Er gab Anja noch mal einen Abschiedskuss und die drei Jungs verschwanden wieder in ihrem windschiefen Zelt. Natalie blickte Roman nach, bis er im Inneren verschwunden war und schaute dann zu Anja. Die leuchtete noch einmal den Waldrand und die Lagerstätte ab, zuckte dann aber auch mit den Schultern und ging mit ihrer Freundin wieder ins Zelt.

IV

Den nächsten Morgen begannen sie alle verschlafen mit einem Frühstück. Hendrik schaffte es tatsächlich, mit Hilfe des Gaskochers einen passablen Kaffee zu kochen, dessen erste Tasse sich dann aber Roman abschöpfte, der aus unerfindlichen Gründen in Jeans und Hawaiihemd auf die vom Tau bedeckte Wiese hinaustrat.

Sie frühstückten das Brot und die Wurst, die sie am Vortag im Ort gekauft hatten, und schauten ansonsten vor allem schweigend immer wieder zu den halb im Nebel verborgenen Bäumen am Rand der Wiese.

Dann sahen sie es alle gleichzeitig. Etwas bahnte sich seinen Weg durch die Bäume, raschelnd und von Knacken bedeutet. Sie alle starrten sorgenvoll in seine Richtung – als Bauer Rolf auf die Lichtung stolperte. Laut fluchend. Als er die Fünf aber vor ihren Zelten sitzen sah, besann er sich und grüßte sie freundlich.

»Alles in Ordnung?« fragte Anja vorsichtig.

»Saubande!« entfuhr es dem Bauern. »Die waren gestern Nacht schon wieder unterwegs und haben hier randaliert! Habt ihr nichts bemerkt?«

»Das erklärt die Geräusche in der Nacht«, erklärte Tobias leise, allein an Hendrik gewandt.

Natalie drehte sich zu Anja: »Also war gestern Nacht doch jemand hier im Lager! Wenn das jetzt einer von den Kerlen-«

Sie ließ den Rest unausgesprochen; sie alle schwiegen einen Moment.

Rolf fluchte in einem fort: »Diese Dreckskerle sind schon seit einiger Zeit nachts unterwegs. Manche sagen auch, die wären für die Holzdiebstähle hier verantwortlich.«

Hendrik war überrascht. »Ist das denn so schlimm, wenn die mal ein paar Scheite mitgehen lassen?«

»Das ist nicht nur ein bisschen Holz! Die schaffen das frisch geschlagene Holz beiseite! Nee, wenn ich die erwische, dann reiße ich denen einzeln die-«

»Nun beruhigen sie sich doch bitte!« flehte Natalie. Rolf atmete beim Anblick der erschrockenen, fast schon hysterisch wirkenden Frau sichtlich mehrere Male kräftig und lange durch, dann schien er sich wieder etwas besser unter Kontrolle zu haben.

»Ja, is' ja jut. Ihr könnt ja auch nichts dafür. Was habt ihr denn hück so vor?«

»Wir wollten ins Venn«, meinte Roman. »Fotos.«

»Da müsst ihr aber aufpassen, dass ihr nicht von den Wegen abkommt«, erklärte Rolf mit finsterer Miene. »Da sind schon Leute tot geblieben.«

»Wie kommt man denn ab sichersten zum Teufelsturm?« fragte Tobias nach.

»Da wollt ihr hin? Also, das ist ganz einfach …«

Die Erklärung des Bauern war tatsächlich recht kurz und einfach ausgefallen und so machten sich die fünf Studenten bald auf den Weg. Sie hatten sich, so gut sie es halt wussten, für die Reise durch die Natur vorbereitet und hätte sie jemand beobachtet, hätte er sehr bald fünf in bunten Neonfarben erstrahlende Regenparkas vor der grün-braunen Landschaft erstrahlen sehen. Doch sie schienen mutterseelenallein im weiten Venn zu sein.

Sie alle waren beeindruckt von dem, was die Eifel ihnen zeigte. Das Venn war trist und wunderschön zugleich. Karge Pflanzen, nur eine Haaresbreite vom Sterben entfernt, ragten aus grünem und braunem Gras empor und dichte Waldstücke hielten Nebelschwaden bis in die Mittagsstunden hinein fest. Obschon sie sich in einer Bergregion befanden, war das Hochmoor oft über große Flächen hinweg absolut gerade und bot so auch einen Blick auf die hell- und dunkelgrauen Wolken, die sich ringsum aufzutürmen schienen.

Der Wind war frisch und die Luft roch gut und natürlich, und auch wenn die Kälte ihnen das Blut in die Wangen trieb, so genossen sie das Wetter. Auch die Stille in dieser abgelegenen Gegend war wohltuend.

»Zu Zeiten unseres Kirchenraubs dürfte es hier nicht viel anders ausgesehen haben«, erklärte Hendrik.

Tobias stimmte ein: »Ja, einzig die Bäume werden teilweise andere gewesen sein. Seht ihr, die vielen Nadelbäume dort drüben?

Die eifler Wälder waren ursprünglich nahezu ausschließlich Laubwälder, die Nadelbäume sind erst nach dem zweiten Weltkrieg hinzugekommen.«

»Es war nötig, die Wälder aufzuforsten und die Nadelbäume wuchsen weitaus schneller wieder heran als es Laubbäume getan hätten«.

Die beiden waren ohnehin in ihrem Element und so erzählten sie von der Eifel im zweiten Weltkrieg. Etwa von den harten Kämpfen um den nahe gelegenen Hürtgenwald, in dem schlecht bewaffnete Eifler in baufälligen Bunkern den technisch weit überlegenen Alliierten über mehr als ein Jahr hinweg eine der schwersten Infanterie-Niederlagen des Krieges bereitet hatten. Sie erzählten auch von Venn-Läufern, die in beiden Weltkriegen und auch zu anderen Zeiten Schmuggel und Handel über die für Fremde gar nicht zu kontrollierenden Sumpfwege betrieben hatten und von anderen Armeen, die bereits in den Jahrhunderten zuvor beschlossen hatten, die Eifel als Abkürzung zu nutzen und stets wahlweise an den störrischen Bewohnern, dem harten Wetter oder dem kargen Land gescheitert waren.

Es bedurfte offenbar keiner Schauermärchen um zu sehen, dass die Eifel schon vielen Menschen Tod und Verderben gebracht hatte. Wenn es einen Fluch gab, so würde er kaum auf einem einzelnen toten Soldaten lasten, schien es. Vielmehr war ihnen, als wäre das ganze Land, die kargen Pflanzen, der schroffe Stein, als würde all dem etwas Lauerndes, Wartendes innewohnen. Etwas, das nur darauf wartete, das arglose Menschen unachtsam waren.

Tobias und Hendrik waren dankbar dafür, endlich mal tief aus ihrem Studienwissen schöpfen zu können, Anja und Natalie klebten derweil an ihren Lippen. Roman schoss Fotos von der Landschaft und von der Gruppe auf ihrer Wanderung, so dass der Vormittag angenehm und unterhaltsam verstrich.

Den Teufelsturm erreichten sie gegen Mittag. Auf einer großen, weiten Fläche ragte er empor: Ein massiver Kalkfelsen, nur teilweise von Pflanzen bewachsen und mit seinen zerklüfteten Vorsprüngen weit in den Himmel aufragend. Es fiel leicht nachzuvollziehen, was die Eifler dazu bewogen hatte, in dieser Formation mehr zu sehen als nur Stein.

Nachdem sie ihn mehrfach am Boden umrundet hatten, beschlossen sie, ihn einmal zu erklimmen. Teils, um auch die oberen Flächen von Nahem gesehen zu haben, teils aber auch, um einfach den Ausblick auf die gesamte Hochebene genießen zu können. Keiner von ihnen war ein geübter Kletterer, doch der Felsen machte es ihnen weitestgehend einfach. Große Spalten, in denen man sich festhalten konnte, Ranken und Wurzeln als Kletterhilfe und Plateaus, die genug Platz boten, um dort Pausen zu machen. Stück für Stück erklommen sie ihn.

Sie waren schon fast oben, als Natalie einen folgenschweren Fehltritt tat. Sie machte auf einem der Podeste einen Schritt zurück, trat jedoch ins Leere und ehe Anja oder Hendrik sie noch zu fassen bekamen, stürzte sie nach hinten und rauschte den Teufelsturm ein Stück herab. Sie rutschte mehr, als dass sie fiel. Nach wenigen Metern jedoch prallte sie auf einen hervor ragenden Felsstreifen, stöhnte vor Schmerz auf, rutschte erneut ab und schlug dann, zwei Meter weiter unten, mit einem schrecklichen Laut auf einem Plateau auf.

Anja, Tobias und Hendrik gerieten augenblicklich in Bewegung. Anja sprang, ohne Rücksicht auf ihre eigene Sicherheit, hinter ihrer gestürzten Freundin her und Tobias tat es ihr, so gut er konnte, gleich. Hendrik kletterte nicht auf dem selben Weg zurück, den sie hochgekommen waren, sondern seitlich davon, um den anderen nicht in den Weg zu geraten. Nur Roman eilte der Gestürzten nicht nach, sondern schwang seine Kameratasche von der Schulter, riss die Spiegelreflexkamera hoch und machte sich auf die Suche nach möglichst dramatischen Winkeln, aus denen er die gesamte Situation gut einfangen konnte.

Einen langen, langen Augenblick schien, abgesehen von den vereinzelten Geräuschen herab rollender Steine und dem Verschlussmechanismus von Romans Kamera, absolute Stille zu herrschen. Es war Natalie, die sie durchbrach, sich regte und aufschrie, noch bevor sie jemand erreichte. Sie griff zu ihrem Knöchel, doch kaum, dass sie ihn berührte, zuckte sie auch schon wieder zurück.

Die anderen kamen auf dem Podest neben ihr zu stehen und während Tobias begann, den Fuß zu untersuchen, beruhigte Anja ihre Freundin, so gut sie konnte.

»Ich glaube, der ist nur verstaucht«, schloss er letztlich. »Gebrochen ist da jedenfalls nichts.«

Auch Natalie war soweit wieder zur Ruhe gekommen und begann, sich von Schmutz und Geröll zu reinigen, so gut es ging. Irgendetwas hatte sich in ihren Haaren verfangen und offenbar eine Chance wähnend, richtete sie sich an Roman: »Kannst du mir kurz helfen, da hängt was fest …«

Roman aber hockte mit etwas Abstand auf einem Absatz und beobachtete die Szenerie durch seinen Sucher wie ein Naturfotograph ein seltenes Schauspiel unter Tieren verfolgen würde, die er durch seine Anwesenheit nicht verschrecken will. Also war es Hendrik, der den Stein erstaunlich vorsichtig aus Natalies fast hüftlangen Haaren befreite. Er wollte ihn schon den Hang herab werfen, als er stockte. Er nahm das Stück vor, rieb es etwas an seiner Jacke ab, hielt es gegen das Licht und rief dann die anderen Jungs zu sich.

Das Stück, das er in der Hand hielt, war offenbar aus Gold oder wenigstens einem golden glänzenden Metall gefertigt. Es war, bei genauerer Betrachtung, etwa so groß wie ein Hand und glich von der Form her einem Teller.

»Was meint ihr, könnte das sein?«

»Scheint massiv zu sein – fast wie Gold.« meinte Tobias ungläubig.

Hendrik hatte etwas mehr Dreck abgekratzt und damit ein Bruchstelle auf der gewölbten Seite des goldenen Gegenstandes freigelegt.

»Könnte von einem Kreuz sein, was meint ihr?« fragte er. »Der Standfuß, irgendein Sockel, so etwas in der Art?«

Anja durchbrach ihre Neugierde: »Hey ihr zwei, könnt ihr mir mal helfen? Bringen wir Natalie irgendwohin, wo sie sich ausruhen kann.«

»Das könnte wirklich ein Teil unseres Kirchenschatzes sein!« entfuhr es Tobias.

V

Die drei Jungs hockten nun schon eine geraume Weile über dem kleinen, goldenen Rundstück. Das Tageslicht schwand bereits langsam, denn der Rückweg mit der humpelnden Natalie war nicht unproblematisch gewesen. Nun aber saßen sie alle wieder zwischen ihren Zelten.

Anja kümmerte sich derweil um den verletzten Knöchel. Der war mittlerweile angeschwollen und hatte eine leicht bläuliche Farbe angenommen. Sie hatten die Schwellung, direkt als sie zurück waren, mit einer kühlenden Salbe aus dem Verbandskasten behandelt. Anja war sich nicht sicher, aber es schien bereits jetzt besser geworden zu sein.

Natalies Blick haftete an den drei entfernt sitzenden Schatzsuchern, die Anja nur mit einem Kopfschütteln bedachte, während sie einen Verband um den Fuß legte.

»Vermutlich ein Stück von einem Altarkreuz!«, frohlockte Hendrik.

Tobias schaute noch immer fassungslos auf dem Fund. »Meint ihr, das heißt, wir sind vielleicht tatsächlich auf der Spur eines echten Schatzes?«

»Mal langsam«, mahnte Anja. »Das Teil könnte doch alles mögliche sein.«

Wie Kinder, denen man das Spielzeug weggenommen hatte, schauten die Jungs zu ihr herüber.

Sie hatte derweil den Verband fertig um den Fuß gelegt und bewegte nun vorsichtig Natalies Bein wieder auf den Boden. »Schau mal, geht es wieder?«

»Ich denke, wenn ich den bis morgen noch ruhig halte, dann kann ich auch bestimmt schon wieder halbwegs laufen«, erklärte sie.

»Wir könnten morgen mal in diesen kleinen, belgischen Ort fahren«, schlug Tobias vor. »Vielleicht können wir dort etwas Genaueres über den Kirchenraub damals erfahren.«

»Und unseren Fund!«, betonte Hendrik.

Natalie schaute aber nur fragend zu Anja, die sich der Begeisterung der Jungs nicht ganz anschließen konnte.

»Dann werden Natalie und ich aber hier bleiben und noch mal in die Ortschaft fahren. Dann kümmern wir uns darum, dass wir die restliche Zeit hier nicht nur einen Kirchenschatz, sondern auch was zu Essen da haben.«

Sie wandte sich an Roman: »Was ist denn mit dir? Willst du auch lieber in verstaubten Büchern wühlen, oder kommst du lieber mit uns?«

»Denke, ich fahre mit Tobias und Hendrik. Kann bestimmt einige interessante Fotos machen.«

»Tja«, schloss Anja ohne großes Bedauern, doch mit einem Seitenblick auf die sichtlich enttäuscht drein blickende Natalie, »dann haben wir den Tag morgen wohl für uns.«

Sie alle schliefen in dieser Nacht schlecht. Ob es die Aufregung des Vortages oder die Vorfreude auf mögliche weitere Funde, vielleicht aber auch etwas ganz anderes war, konnten sie auch nicht sagen. Gemeinsam fuhren sie nach einem stummen und wenig spektakulären Frühstück in die Ortschaft, wo sie sich dann aufteilten. Die Jungs nahmen den Wagen und machten sich, irritiert auf ihre Karten schauend, auf den Weg zur belgischen Grenze. Anja und Natalie schauten ihnen nach, bis sie recht bald hinter der ersten verwinkelten Biegung verschwanden und schritten dann beherzt auf den örtlichen Supermarkt zu.

Natalies Fuß war über Nacht tatsächlich soweit abgeheilt, dass sie normal auftreten und gehen konnte und die beiden gingen frohen Mutes einkaufen. Ihre Stimmung war gut und entspannt, weshalb ihnen auch die Blicke entgingen, die ihnen durch den Ort folgten.

In einem eleganten Bogen warf Anja ein weiteres Paket Grillfleisch in den Einkaufswagen.

»Wenn die Jungs zurück sind, dann können die uns erst mal was grillen!«

»Meinst du, die schaffen das?« fragte Natalie und Anja nickte.

»Irgendwann müssen die ja auch mal was ohne uns schaffen.«

»Ja, wird schon klappen.«

Sie erreichten die Kasse und Anja begann, die Waren auf das Band zu legen.

»Ich wünschte halt nur«, fuhr Natalie fort, »Roman würde mich manchmal ein wenig mehr beachten …«

»Keine Sorge, das kriegen wir auch noch irgendwie hin. Wir sind ja noch ein paar Tage hier, da wird sich sicherlich noch eine Gelegenheit ergeben, dass ihr euch was näherkommt.«

»Manchmal glaube ich echt«, seufzte sie, »der hat nur seine Fotos im Kopf.«

»Na, das ist doch super!«, rief Anja. »Dann biete dich ihm doch einfach mal als Aktmodell an!«

»Was?!«, entfuhr es Natalie. Anja, die gerade an der Kasse gezahlt hatte, meinte lachend »War doch nur Spaß!«, und huschte durch die Fronttür, bevor ihre Freundin etwas erwidern konnte.

»Tobias muss ich auch manchmal auch daran erinnern, dass ich noch da bin«, fuhr Anja draußen fort, »sonst vergisst der vor lauter Arbeit alles um ihn herum. Besonders, wenn er mit Hendrik zusammen unterwegs ist.«

»So wie heute?«

»Heute ist es extrem. Wenn die nur über ihren Büchern hocken, dann geht das ja noch.«

Keine der beiden bemerkte, dass auf der anderen Seite der Buchenhecke, die sie entlangschritten, jemand begonnen hatte, ihnen zu folgen, also fuhr Anja ungerührt fort: »Aber du glaubst doch nicht, dass ich gegen einen solchen Schatzfund eine Chance habe. Nee, lass die einfach heute mal in Ruhe ihre Recherchen machen und am Abend sehen wir dann weiter.«

Natalie wollte etwas entgegnen, doch es war Arndt, der ihr dazwischen kam. Sie hatten das Ende der Hecke erreicht und plötzlich trat er ihnen, zusammen mit einigen Kumpanen, in den Weg.

»Na Mädels, braucht ihr ein paar starke Jungs um euren Schatz auszugraben?«, warf er ihnen entgegen, nahm seine Sonnenbrille ab und erntete für den Auftritt noch anerkennende Blicke seiner Begleiter. Anja musterte die Gesellen kurz. Einer klein, in Jeans-Jacke, den Zigarillo noch im Mund, einer eine hagere Bohnenstange mit leerem Blick und einer, ebenfalls ziemlich hoch gewachsen, ein Brocken von einem Mann.

»Da brauchst *du* aber erst mal einen größeren Spaten!«, konterte Anja.

»Ach komm Mädchen, nicht gleich zickig werden hier!«

Arndt machte kein Geheimnis daraus, dass er keine große Lust auf Widerworte hatte. Er wollte nach Anja greifen, doch die kam ihm zuvor. Während Natalie noch immer fassungslos starrte, trat ihre Freundin ihrem Gegenüber vor das Schienbein. Arndt jaulte auf und Anja ergriff die Chance, packte Natalie am Handgelenk und rannte los. Ihre Einkaufstüte fiel zu Boden und offenbar waren auch Arndts Gefährten zu überrascht, als dass sie irgendwie versuchen würden, die beiden aufzuhalten.

Also rannten die beiden, was das Zeug hielt.

Arndt blickte ihnen nach, bis sie um die nächste Ecke verschwunden waren. So kriegten sie die nicht mehr, zumindest das war ihm klar. Der bullige Hühne unter seinen Begleitern trat an seine Seite.

»Und wat jetzt Chef?«, fragte er. »Wollen wir denen nach?«

»Quatsch, ich weiß doch wo die zelten«, zischte Arndt. »Nee, die schnappen wir uns nachher ganz einfach. Und diesen Schatz auch! Trommel du den Rest zusammen Jochen, wir treffen uns dann bei mir.«

Jochen nickte und marschierte davon, während sich der Rest der Bande mit Arndt in die andere Richtung aufmachte.

VI

Die Navigation erwies sich jenseits der belgischen Grenze als noch weitaus schwieriger. Die Straßen waren teilweise in einem desolaten, verfallenen Zustand, Ortsschilder und Straßennamen suchte man vergebens.

Fand man doch mal welche, so waren sie abwechselnd in Deutsch, Französisch oder beidem. Wiederholt fluchte Hendrik, der heute die Navigation übernommen hatte, darüber, dass er in seinem Studium ja schon Karten aus dem Mittelalter gesehen hätte, die akkurater gewesen seien als seine Straßenkarte der Eifel. Mehr als ein Mal entschieden sie sich, mehr auf gut Glück einem Feldweg zu folgen, in der Hoffnung, dass es eben doch die eingezeichnete Straße auf der Karte war.

Einmal gerieten sie in das Netz dreier kleiner Ortschaften, die sich zwar gegenseitig untereinander ausschilderten, aber keinen Weg heraus wiesen. In Konsequenz drehten die drei Jungs in ihrem Corsa mehr als eine Schleife zwischen den Orten, bis sie es schafften, endlich wieder auf ihre alte Strecke zu finden.

Es war bereits Mittag, als sie die Ortschaft erreichten, die sie suchten. Betrübt erkannten sie, dass ihr Ziel sogar recht nahe am Venn lag, eigentlich sogar in einer Entfernung, die man auch zu Fuß hätte bewältigen können. Mehrfach mussten sie sich vor Ort noch erkundigen, bis sie ihr Auto dann vor einer Kirche abstellten, die durchaus die Frage rechtfertigte, wie sie die bisher hatten übersehen können.

Ein imposanter, offenbar schon älterer Bau im gotischen Stil, mit hohen Bögen, schönen und aufwendigen Buntglasfenstern sowie einem schweren, alten Eichenholztor ragte vor ihnen empor. Sie schlossen darauf, dass das kleinere, aber nicht minder alte Gebäude daneben sicherlich das Pfarrbüro war, traten herüber und drückten, nach kurzem Blickwechsel, auf die Klingel.

Es war schon eher ein regelrechter Gong, der ertönte und scheinbar das ganze Haus erfüllte. Dann trat erst mal wieder Stille ein. Jedem der drei Jungs stand die nahe liegende Frage klar ins Gesicht geschrieben: *Was sagen wir denn jetzt, wenn die Tür geöffnet wird?*

Tobias wusste nicht, womit die anderen gerechnet hatten, aber das, was er sah, als die Türe sich öffnete, war jedenfalls nichts, was er erwartet hatte. Ein junger Geistlicher stand dort, vielleicht zehn Jahre älter als sie. Er trug schwarze Kleidung und den Kragen eines katholischen Pfarrers, ganz wie man es erwartet hatte, einen leichten Vollbart und ansonsten kurze, gepflegte Haare. Er schenkte ihnen ein leicht verwundertes Lächeln und fragte dann, mit Milde in der Stimme: »Oh hallo. Was kann ich für euch Drei tun?«

Sie alle grüßten freundlich und Tobias fragte: »Ich hoffe wir stören Sie nicht? Wir hätte ein paar Fragen über die Geschichte der Gemeinde und hofften, dass Sie uns da weiterhelfen könnten.«

»Dann kommt mal herein.« sagte der Mann.

Das Innere des Gebäudes war nicht weniger imposant. Hohe Decken, viel altes Holz, schöne Gemälde und Marienstatuen schufen eine Atmosphäre vom Glanz vergangener Tage der lokalen Gemeinden. Dazu gesellten sich allerdings noch ungezählte Bücherstapel, Unterlagen, Mappen, Notizen und Kisten, die überall verteilt in den Räumen zu finden waren.

Epizentrum dieses Chaos' war offenbar das Arbeitszimmer des Pfarrers, in das er sie führte und sie bat, schon mal Platz zu nehmen, während er noch Tee holte. So saßen sie kurz darauf in kleiner Runde in dem dunklen Zimmer, dessen schweren Vorhänge nur wenig Licht in das Innere ließen.

Der Mann hatte sich mittlerweile als Pfarrer Michael vorgestellt und beugte sich nun, eine Teetasse in der Hand, zu den Jungs vor und fragte, erstaunlicherweise ohne den starken Dialekt der Region: »Womit genau ich euch denn helfen?«

»Nun, wir recherchieren hier in der Gegend für eine Geschichtsabhandlung«, erklärte Tobias. »Dabei untersuchen wir vor allem lokale Legenden auf ihren Wahrheitsgehalt.«

Wie immer war es auch diesmal Hendrik, der Tobias' Satz fortführte: »Nun, Sie kennen doch sicherlich die Legende über den gestohlenen Kirchenschatz.«

»Ja, natürlich«, beteuerte der Pfarrer. »Ist eine bekannte Spukgeschichte hier in der Gegend.«

Hendrik strahlte der Stolz geradezu aus den Augen: »Wir glauben, einen Teil des verschwundenen Schatzes gefunden zu haben.«

»Eine Spukgeschichte.« wiederholte der Pfarrer noch mal, während Hendrik begann, etwas in seinem Rucksack zu suchen. »Sicher beruht sie auf Tatsachen, aber das der Schatz jemals gefunden werden könnte, halte ich für-«

Pfarrer Michael beendete den Satz nicht, sondern starrte wie gebannt auf das Stück goldenes Metall, dass ihm Hendrik nun reichte.

»Das jedenfalls haben wir im Venn gefunden«, erklärte dieser triumphierend.

Tobias lenkte diplomatisch ein: »Wenn Sie nichts dagegen hätten, würden wir zu weiteren Nachforschungen gerne die Kirchenbücher einsehen.«

Pfarrer Michael schaute noch eine Weile wie gebannt auf das Kreuzstück in seiner Hand, bevor er zögerlich Antwortete: »Ja- Ja sicher. Ich werde einmal schauen, was ich finden kann.«

Mit diesen Worten erhob er sich und verließ den Raum. Roman starrte ihm nach und Hendrik begegnete Tobias' fragendem Blick mit einem Schulterzucken.

Gerne hätte Tobias Anja angerufen, um ihr mitzuteilen, dass es etwas später werden könnte als geplant, doch ein Blick auf sein Handy verriet ihm, dass es zumindest hier absolut keinen Empfang gab. In diesem Moment kehrte der Pfarrer aber auch schon zurück und bedeutete ihnen, ihm zu folgen.

Er führte sie in eines der kleineren Nebenzimmer, wo er einen Schrank freigeräumt und daraus die riesigen Kirchenbücher zutage gefördert hatte. »Die sehen ja aus wie im Mittelalter«, bemerkte Roman, doch Michael lächelte nur und stimmte ihm zu. Er wünschte den Jungs noch viel Erfolg und überließ sie dann ganz ihrer Recherche.

Roman hatte nicht Unrecht, teilweise wurden die Unterlagen offenbar bis heute in Latein geführt, aber eine Chronik in Deutsch war ebenfalls zu finden. Die Jahrgänge reichten von 1908 bis 1920 – irgendwo in diesem Zeitraum sollte die Tat stattgefunden haben, also machten sie sich auf die Suche.

Hendrik und Tobias stürzten sich schnell in ihre Recherchen. Sie versanken in den schwer lesbaren Zeilen der alten Bücher wie Steine im Wasser und waren für Roman bald genauso unerreichbar fern. Die erste Zeit vertrieb er sich damit, Fotos von den alten Büchern, den Buchrücken und Regalen und dem Raum allgemein zu machen, doch auch das wurde ihm schnell langweilig.

Er beschloss, sich den Rest des Hauses noch etwas genauer anzusehen.

Die kleine Kammer mündete wieder in dem Vorraum des Pfarrhauses und er machte sich einen Spaß daraus, einige Aufnahmen der Marienstatue zu machen, die Besucher dort willkommen hieß. Er machte einige schöne Fotos des verzierten Treppengeländers und der offenkundig uralten Bodendielen und – stockte. War das Pfarrer Michael, den er da rufen hörte?

»Humiliare sub potenti manu Dei!«

Hendrik blickte derweil über sein Buch hinweg zu Tobias, der gerade angeregt mit dem Finger einige Zeilen in dem Folianten abfuhr und offenbar versuchte, aus dem Geschriebenen schlau zu werden. Er räusperte sich, räusperte sich erneut und als Tobias noch immer nicht aufblickte, ergriff er das Wort: »Sag mal, kann es eigentlich sein, das Natalie ein Auge auf Roman geworfen hat?«

Tobias blickt nicht auf, lächelte aber leicht und stimmte seinem Freund zu.

»Meinst du denn, die beiden, das könnte klappen?«, fragte Hendrik vorsichtig weiter.

Tobias hob nun doch überrascht den Kopf und sein Lächeln wurde, als er das Gesicht seines Freundes sah, nur umso breiter. Hendrik wollte schon abwinken, aber er wusste, leugnen würde ihm jetzt auch nichts mehr bringen.

»Du hast dich in Natalie verknallt, was?«, fragte er. Hendrik nickte nur.

Sie schwiegen einen Moment, dann schüttelte Tobias den Kopf. »Nee, ich glaube nicht, dass das was gibt. Roman nimmt glaube ich nichts wirklich wahr, was er nicht durch seinen Sucher sehen oder an seine Kamera anschließen kann.«

Als er Hendriks unsicheren Gesichtsausdruck sah, fügte er noch ein »Ehrlich« hinzu. Dann schwiegen sie wieder beide. »Den ersten Schritt musst du aber trotzdem selber tun. Natalie ist nett.«

Er konnte sehen, wie sein Freund darüber nachdachte und amüsierte sich innerlich darüber, dass der sonst immer so selbstbewusst auftretende Hendrik offenbar da seine Schwachstelle hatte. Aber er wusste auch, dass es ihm übel genommen werden würde, wenn er dazu einen Kommentar von sich geben würde.

Hendrik nickte ihm zu. »Danke. Machen wir hier weiter?«

Roman folgte dem Rufen, das er mittlerweile als Latein erkannte – eine Sprache, die er nie gemeistert, allenfalls in der Schule meisterhaft vermieden hatte. Das Rufen schien aus einem der Nebenzimmer zu kommen. Vorsichtig näherte Roman sich der Türe und riskierte einen Blick in das Innere.

»*Contremisce et effuge, invocato a nobis sancto et terribili Nomine Iesu, quem inferi tremunt, cui Virtutes caelorum et Potestates et Dominationes subiectae sunt!*«

Pfarrer Michael stand in der Mitte des Raumes, dessen Rollladen er wohl gerade erst geschlossen hatte. In seiner linken Hand ruhte ein altes, aber kleines Buch, in der rechten hielt er einen Weihrauchschwenker. Und sein Gesicht schien regelrecht angsterfüllt, als er weiter intonierte:

»*Quem Cherubim et Seraphim indefessis vocibus laudant, dicentes: Sanctus, Sanctus, Sanctus Dominus Deus Sabaoth.*«

Roman beschaute sich das einen Augenblick. Dann aber machte er auf der Stelle kehrt und eilte zu den anderen zurück. Noch immer hörte er Michaels Stimme erschallen: »*Domine, exaudi orationem meam.*«

VII

*I*ch hab was!«, rief Tobias erfreut auf. »Hier, der Kirchenräuber, das war ein Mann namens Louis Reno. Ein Soldat der französischen Truppen in der Region während des ersten Weltkrieges. Offenbar war er den Frontdienst wohl irgendwann Leid und beschloss, sein eigenes Glück zu machen. Er raubte in der örtlichen Kirche – dieser Kirche hier – das goldene Altarkreuz und stahl sich damit in die Nacht davon. Der Pfarrer bemerkte den Diebstahl recht bald und meldete die Tat, wodurch noch am selben Morgen weitere französische Soldaten den Spuren Renos folgten. Der Kirchendieb versuchte, sein Heil in der Flucht durch das Venn zu finden, wo ihn jedoch zwei Soldaten stellen und vermutlich tödlich verwunden konnten – direkt in der Nähe des Teufelsturmes.«

»Seine Leiche aber konnte niemals gefunden werden, genauso wenig wie das Kreuz«, schloss Hendrik, der mittlerweile über der Schulter seines Freundes mitgelesen hatte.

»Und die lokale Legende«, ergänzte Tobias, »da schließt sich dann der Kreis, besagt, dass der Dieb wahlweise für seine Tat verdammt worden oder einen Pakt mit dem Teufel eingegangen sei und noch heute über seine Beute wachen würde, damit sie auf ewig im Venn verweile.«

»Ist euch aufgefallen, dass sich der Pfarrer seltsam verhält?«, fragte Roman, kaum dass er durch die Zimmertüre trat. Die anderen beiden schreckten von dem Buch hoch und sahen ihn fragend an.

»Was meinst du mit komisch?«

»Er betet.«

»Er ist ein Pfarrer«, konterte Hendrik, wieder ganz in alter Form.

Während Roman noch nach einer Antwort suchte, erschien Pfarrer Michael plötzlich hinter ihm im Türbogen. Er hatte sich eine Stola umgelegt, den Weihrauchschwenker und das Buch mitgebracht und schien die drei Jungs regelrecht anzustarren, bevor er seine Stimme erhob:

»Ihr müsst nun gehen!«

»Ist in Ordnung«, begann Tobias, »wir wollten –«

»Die verfluchte Seele des Sünders ist schon sehr nahe und auch wenn er die heiligen Räume hier nicht betreten kann, so werde ich ihn nicht ewig aufhalten können!«, rief er mehr, als dass er es sagte, während er mit weit aufgerissenen Augen in den Raum stierte.

»Was-?«

»Er wird versuchen, das Bruchstück wiederzuerlangen, denn der Teufel selbst hat ihn dazu verflucht, dafür zu Sorgen, dass der Schatz in ungeweihter Erde bleibe!«

Kurz darauf saßen sie wieder in dem Wagen und schossen durch die Nacht davon. Sie alle schwiegen, jeder versuchte für sich, den unerwarteten Ausbruch des Geistlichen nachzuvollziehen. Selbst Roman war sichtlich verunsichert aus dem Pfarrhaus gewichen.

Nun lag die Eifel schwarz vor ihnen, die Straßen zwischen den Orten wurden nur von sehr wenigen, vereinzelten Laternen erhellt. Tobias stand auf dem Gas und versuchte, so schnell er nur konnte, Distanz zu der belgischen Ortschaft aufzubauen. Ihm selbst war klar, dass diese Flucht irrational war und selbst wenn von dem Pfarrer eine Gefahr ausgegangen war, so würde er ihnen nicht über die Landstraße folgen können. Doch es fühlte sich gut an, innerlich beruhigend, mit hoher Geschwindigkeit die Bäume an den Seitenfenstern vorbeirauschen zu sehen. Seine Augen wanderten immer mal wieder von der Straße zum Tacho, dann zurück auf die Straße, über die Spiegel hinweg – und er erschrak. Hendrik saß neben ihm, Roman auf der Rückbank – zusammen mit einer weiteren Person!

Ganz ins schwarz war die Silhouette nur im Schein einer der Laternen kurz vor der dann erleuchteten Umgebung sichtbar und verschmolz wieder mit der Nacht, sowie sie aus dem Licht herausfuhren.

Roman hatte es auch entdeckt und presste sich gegen die Außenseite des Wagens, Tobias trat auf die Bremse und hechtete wie auch Hendrik aus dem Fahrzeug. Roman brauchte erheblich länger, musste den Beifahrersitz umlegen und stolperte ebenfalls in die kühle Nachtluft heraus.

Fassungslos starrten sie auf den nunmehr verlassenen Kleinwagen.

Für einen Moment herrschte Stille und das einzige Geräusch, das sie hörten, war der Wind, der durch die Wipfel der zahlreichen Tannenbäume am Straßenrand fegte. Sie fühlten sich schutzlos und ausgeliefert in diesem Moment inmitten der wogenden Bäume.

»Habt ihr das auch gesehen?!«, keuchte Tobias.

»Keine Ahnung, was das war!«, entfuhr es Roman.

Sie schwiegen einen weiteren Moment.

»Ruf doch noch mal bei den Mädels an, nur um sicher zu gehen, dass da alles in Ordnung ist«, schlug Hendrik vor.

Tobias zückte sein Handy, klappte es nach einem kurzen Moment aber auch wieder zu und ließ es kopfschüttelnd wieder in seiner Tasche verschwunden.

»Nichts zu machen«, konstatierte er, »wir stecken noch immer in einem Funkloch. Verfluchte Eifel!«

»Fahren wir weiter?«, fragte Roman, noch immer unsicher.

Sie alle schauten zweifelnd auf den leeren Corsa auf dieser verlassenen Landstraße.

Sie sahen schon von weitem, dass etwas nicht stimmte. Beide Zelte wirkten nun in Mitleidenschaft gezogen und obwohl sie hörbar und auffällig über die Wiese auf ihre Lagerstätte zu fuhren, zeigte sich weder Anja noch Natalie irgendwo. Gemeinsam stiegen sie aus und gingen verwundert auf den zerwühlten Platz zu, als Arndt aus der Dunkelheit in das Licht der Autoscheinwerfer trat.

»Na, habt ihr was verloren?«, fragte er gehässig und entblößte seine schiefen Zähne.

»Hast du irgendwas damit zu tun?«, fuhr Tobias ihn an. »Wo sind Anja und Natalie?«

Er wollte schon losstürmen, doch Hendrik packte ihn ungewohnt besonnen an der Schulter und hielt ihn erst mal zurück.

»Ganz ruhig, Tobi.«

Tobias erkannte schließlich auch warum: Arndt war nicht alleine. Es zeichneten sich weitere Silhouetten in der Dunkelheit ab.

»Ja genau, ‚ganz ruhig, Tobi'.« feixte Arndt. »Also passt auf: Wenn ihr eure Mädels wiederhaben wollt, dann führt ihr uns jetzt zu diesem Schatz!«

Die Jungs tauschten irritiert Blicke untereinander aus. Es war Roman, der aussprach, was sie alle dachten: »Was für ein Schatz?«

»Ihr braucht gar nicht so zu tun, als ob ihr nicht wüsstet, wovon ich rede! Ich hab eure Freundinnen belauscht und weiß, dass ihr einen Schatz gefunden habt!«

»Es ist nur ein Kreuz!«, meinte Tobias verzweifelt.

»Und wir wissen nicht mal, wo genau es liegt!«, ergänzte Hendrik.

»Tja, das wäre mal Pech für euch!« Arndt nickte in Richtung der Jungs und die Silhouetten traten langsam auf die drei zu. »Ihr zeigt uns jetzt, wo euer Schätzchen liegt und dann könnt ihr eure Weiber wieder haben.«

VIII

Unsanft schlug Anja auf dem Boden auf. Der Kerl, der sie hergebracht hatte, war ein Hüne von fast zwei Metern Höhe und kräftig wie ein Bär. Er hatte sie auf einer Schulter durch den Wald hierher getragen und nun einfach fallen gelassen. Hierher, das war eine Hütte mitten im Wald, baufällig und offenbar verlassen.

Sie lag an einer kleinen Lichtung, deren Ränder von großen Holzstapeln flankiert wurden. Der Sturz war schmerzhaft gewesen. Anjas Hände waren bereits gefesselt und so hatte sie ihn in keiner Weise abfedern können, sondern war einfach hart auf dem Erdreich und einer Wurzelknorre gelandet.

An der Hütte saß bereits Natalie, die Hände ebenfalls gefesselt und nach oben an einen Querbalken neben der Türe gebunden. Aus der Dunkelheit trat eine zweite Person zu ihnen, hager, klein und insgesamt einem Wiesel gleich.

Er ergriff Anja, legte seine Arme mit sichtlichem Genuss um ihren Oberkörper und zerrte sie ebenfalls das letzte Stück bis zur Hütte. Er band sie allerdings nicht direkt neben Natalie an den Träger, sondern griff erst mal an ihr vorbei und förderte aus dem Inneren der Hütte zwei Bierflaschen zutage, von denen er eine dem Hünen zuwarf.

»Komm, mach' mal die Flasch' auf, dat hab'n wir uns verdient«, brummte die tiefe Stimme des Großen durch die Nacht.

Zwei mal zischte es in der Dunkelheit, dann traten die beiden wieder zu den Gefesselten herüber.

Das Wiesel, noch immer das Messer haltend, mit dem es wohl die Flaschen geöffnet hatte, sprach weiter: »Geil, wa'? Mit dem geklauten Holz, und dem Schatz, da brauchen wir bald gar nichts mehr zu tun. Besser kann es gar nicht mehr laufen.«

Als der Hüne nichts sagte, drehte der Kleine sich irritiert in seine Richtung – nur um, wie auch Anja und Natalie, sein vor Angst verzerrtes Gesicht zu sehen.

»Nun mal voran hier!«, scheuchte Arndt die Jungs durch den dunklen Wald. Keiner von den Dreien wusste genau, wo sie waren.

Einzig, dass der Teufelsturm ungefähr in ihrer Laufrichtung liegen müsste, darin waren sie sich einig.

»Macht mal hinne, sonst sind wir ja morgen noch unterwegs!« scheuchte Arndt sie weiter.

Das Wiesel fiel auf den Boden und rührte sich nicht mehr. Zwei Handabdrücke zeichneten sich in fahlem Blau ab. Dort, wo der Entführer eben gestanden hatte, ragte nun eine schwarze, menschliche Silhouette in die Höhe. Offenbar trug sie einen Helm oder Hut, sonst war kaum etwas zu erkennen – außer den beiden rot leuchtenden Punkten tief an der Stelle, wo ihre Augen sein müssten. Langsam schien die Gestalt wieder mit dem Schatten zu verschmelzen.

Natalie und Anja drückten sich so eng sie konnten an die Hütte, der Hüne aber machte auf der Stelle kehrt und rannte los. Weit kam er nicht. Die gleiche Gestalt schälte sich in der entgegengesetzten Richtung aus dem Schatten und ergriff auch den Großen mit beiden Händen am Gesicht. Der schrie einmal laut auf, die Farbe schien aus seiner Haut zu entweichen wie das Leben aus seinen Gliedern; er zitterte noch ein Mal, zwei Mal auf, dann brach er einfach zusammen.

»Vater unser im Himmel, geheiligt werde dein Name!«, begann Natalie zu beten. Langsam dreht sich die Gestalt zu ihnen um, während Anjas Blick auf dem Messer haftete, das noch immer neben der Leiche des Wiesels lag.

»Dein Reich komme! Dein Wille geschehe!«

Der Schrei des Hünen war auch bis zu Arndt gedrungen.

»Was war das?!«, fluchte er. »Jochen, geh mal gucken, was der Rest da macht.«

Jochen nickte und huschte in die Nacht davon. Die Jungs tauschten untereinander Blicke aus; jetzt hatten sie zumindest eine grobe Richtung, in der sie die Entführten vermuten konnten.

»Denn Dein ist das Reich und die Kraft und die Heiligkeit, in Ewigkeit. Amen!«

Natalie blickte in die Dunkelheit. Der Schemen war verschwunden, als hätte das Gebet ihn tatsächlich vertrieben. Nur ihre beiden Aufpasser zeugten nun, wie sie reglos auf dem Waldboden lagen, davon, dass sie sich das nicht nur eingebildet hatten.

Anja hatte derweil das Messer des Wiesels erreicht und ihre Fesseln durchtrennt. Schnell befreite sie auch Natalies Hände, griff dann an ihr vorbei in die Hütte und holte eine Taschenlampe hervor.

»Natalie?« versuchte sie ihre Freundin zu erreichen, die gerade das »Ave Maria« anstimmte. »Wir müssen hier weg, bevor der Rest der Bande wiederkommt.«

Natalie schien sie nicht einmal zu hören. Also ergriff Anja ihre zum Gebet gefalteten Hände und zog sie mit sich in die Dunkelheit. Nach einigen Metern schaltete sie die Taschenlampe ein.

Ein Lichtkegel schnitt in einiger Entfernung durch die Dunkelheit. Arndt entging das nicht.

»Was zum?! Da stimmt doch was nicht! Jochen?!«

Doch Jochen antwortete nicht mehr. Plötzlich brach Tumult in der Gruppe aus. Wie aus dem Nichts war eine schwarze Gestalt in ihrer Mitte erschienen und hatte einen von Arndts Leuten am Kopf gefasst.

Panik brach in den Reihen der Entführer aus und niemand achtete mehr auf die Jungs, als das Opfer der Gestalt reglos zu Boden fiel und diese sich mit ihren rot leuchtenden Augen ein neues Ziel suchte.

Die Jungs ergriffen die Chance. Tobias, Hendrik und Roman stürmten los in die Nacht, dem Lichtkegel entgegen. Niemand hielt sie auf.

Die Stille wurde von den schnellen Schritten der Fliehenden durchbrochen. Vielleicht würden sie den Waldrand rechtzeitig erreichen, vielleicht …

Sie beide hörten die Schreie ihrer Entführer in der Ferne. Natalie betete noch immer ohne Unterlass zu Gott und Anja war sich sehr unsicher, ob sie selbst gerade bereit war, daran zu glauben oder nicht. Nur noch zehn Meter bis zu den nächsten Bäumen, die ihnen ein Sichtschutz sein würden. Acht. Fünf. Nur noch wenige Schritte.

Der letzte Schrei, der ertönte, klang endgültig. War Arndts Stimme bei den Schreienden gewesen? Und schlimmer: Was war, wenn die Jungs-

Ihr Gedankenfluss riss jäh ab, als ihr rechter Fuß ins Leere trat. Ehe die beiden sich versahen, stürzten sie einen steilen Hang herab. Sie schlugen immer wieder gegen Baumstämme, gegen eine Wurzel, doch hatten sie Glück und kamen nach einigen Metern auf einem Erdhügel zum Liegen.

Anja sah sich gehetzt um. Was war das, dort in der Dunkelheit? Nur wenige Meter von ihr entfernt war eine kleine Höhle in der Felswand, kaum mehr als ein Fuchsbau.

»Natalie!«, flüsterte sie. »Schnell, wenn wir Glück haben, finden sie uns darin nicht.«

Die Jungs rannten, was das Zeug hielt, doch der Lichtkegel war plötzlich verschwunden. Bedeutete das, dass der Schemen nun auch Anja und Natalie gefunden hatte? Oder waren sie gar die ersten Opfer gewesen und die fliehenden gehörten zu Arndts Bande?

Tobias schüttelte den Kopf. Das war nicht der Moment für Kopfzerbrechen.

»Anja?«, rief er. »Anja?!«

»Hört ihr uns?«, fiel Hendrik ein. »Natalie! Anja!«

Dann hörten sie eine helle Frauenstimme vor sich aufkreischen.

Panisch wich Natalie zurück und stieß so mit Anja zusammen, die nach ihr in die Höhe krabbelte. Anja drückte sich an ihrer Freundin vorbei und ließ den Schein der Taschenlampe die Höhle entlangwandern. Schnell sah sie, was Natalie in Panik versetzt hatte: In der Höhle lag ein Skelett.

Anja wusste nicht, was ihr die innere Ruhe verlieh, doch das einzige, was ihre Lippen verließ, war ein trockener Kommentar: »Keine Sorge, der tut niemandem mehr etwas.«

Der Tote schien ein Soldat gewesen zu sein. Die letzten Fetzen einer blauen Uniform hingen von den teilweise fast schon blank gefressenen Knochen herab und ein mächtig verbeulter Helm ruhte auf dem gespenstisch grinsenden Schädel. Doch was war das in seiner Hand, in diesem Leinentuch?

Anja beugte sich vor und schob den Stoff etwas zurück. Goldenes Metall glänzte vor ihr in der Höhle.

Noch immer stolperten die Jungs durch die Nacht. Ohne Lichtquelle, nahezu ohne Orientierungshilfe, glich es einem Wunder, dass sie sich noch nicht gänzlich verirrt oder verloren hatten.

»Anja!«

»Natalie!«

Ihre Rufe halten durch die Nacht, selbst Roman hatte eingestimmt. Tobias' Panik wuchs zunehmend, als sie immer tiefer in den Wald vordrangen, aber außer ihren eigenen Schritten und Stimmen kein Laut mehr zu vernehmen war.

Plötzlich flammte vor ihnen ein Licht auf und raubte ihnen allen für einen Augenblick jegliche Sicht.

»Tobias!«

Anja tauchte plötzlich vor ihm auf und das grelle Licht verblasste, als sie die Taschenlampe senkte und ihrem Freund in die Arme fiel. Natalie stolperte hinter ihr her, offenbar orientierungslos. Ihre rechte Hand hielt ein Leinenbündel fest umklammert, ihre linke dagegen streckte sie Hilfe suchend vor sich.

Es war Hendriks Hand, die sich um die ihre schloss und sie zu den anderen herüber führte.

»Komm schon,« sagte er beruhigend, »es ist jetzt alles gut.«

Anja hatte in der Zwischenzeit gehetzt berichtet, was passiert war. Roman blickte neugierig auf das Bündel in Natalies Hand.

»Ist das wirklich das verlorene Kreuz?«

Hendrik nahm Natalie vorsichtig das Bündel ab und schlug den Stoff zurück. Golden glänzte ein kleines Altarkreuz in seiner Hand, das schmerzverzerrte Gesicht des Heilands schien ihn geradezu anzublicken.

Er griff in seine eigene Tasche und führte den Sockel, den sie zuvor gefunden hatten, an das Kreuz. Er passte wie angegossen – und schien von selbst an seiner einst angestammten Stelle zu halten. Ihnen allen war, als würde das Kreuz langsam, aber beständig an Glanz gewinnen.

»Ich will die Freude ja nicht trüben«, unterbrach Roman jäh den regelrecht erhabenen Moment. »Wir sollten trotzdem zusehen, dass wir so schnell wie möglich hier wegkommen.«

»Roman hat Recht«, stimmte Anja zu.

»Habt ihr … das Ding auch gesehen?« fragte Anja nach und die Jungs bejahten einhellig.

»Ich dachte schon, ihr würdet uns nicht glauben, was genau passiert ist«, setzte Tobias an.

»Später«, unterbrach ihn Anja, »erst weg hier.«

Wieder vereint liefen sie in die Dunkelheit davon. Keiner von ihnen drehte sich um und sah, wie der Teufelsturm hinter ihnen langsam von der Nacht verschlungen zu werden schien.

Immer wieder glaubten sie, im Dunkeln neben sich die Gestalt ausmachen zu können, doch die betende Natalie hielt das Kreuz vor sich wie einen Schild und der goldene Glanz schien den Schemen zu verdrängen. Sie wussten nicht, in welche Richtung sie liefen oder wie lange sie schon unterwegs waren, aber sie kannten kein Halten.

Dennoch machte sich bei ihnen Erleichterung breit, als die Bäume langsam zurückwischen und sie über das Venn hinweg die Lichter einer Ortschaft erspähen konnten.

Ihre Augen hafteten regelrecht an diesen Punkten in der Ferne und so sah keiner von ihnen die Gefahr, bevor es zu spät war. Urplötzlich brach Arndt aus dem Unterholz, die Kleidung zerrissen, das Gesicht mit Dreck und Blut beschmiert, aber augenscheinlich lebendig. Er rannte Roman einfach um, streckte Hendrik mit einen Fausthieb nieder und entriss Natalie das Kreuz, noch bevor einer der anderen reagieren konnte.

Natalies Gebet verstummte.

Anja stürzte vor und schaffte es sogar, Arndt zu packen, doch der Anführer der Bande war zu groß und zu kräftig, als dass sie viel mehr tun konnte als ihn an der Flucht zu hindern. Tobias eilte vor und rammte seine Schulter in Arndts Magen, brachte ihn jedoch auch nicht zu Fall und wurde nun seinerseits von seinem Gegenüber gepackt. Roman hatte sich bereits wieder erhoben und eilte herbei, konnte aber auch nicht einschreiten, ohne mit Anja oder Tobias zusammenzustoßen.

Langsam erhob sich auch Hendrik wieder, noch immer benommen von dem Hieb, den Arndt ihm verpasst hatte. Er blickte nach links, sah Natalie, blickt wieder nach vorne – und blickte direkt in zwei rot glühende Augen.

Noch ehe er sich versah, legten sich zwei nachtschwarze Hände auf seine Schläfen. Augenblicklich wurde es stiller um ihn. Die Kampfgeräusche drangen nur noch dumpf an ihn, als wäre sein Kopf unter Wasser. Kälte erfüllte seine Glieder und es war ihm, als hörte er in weiter Ferne seltsame Geräusche, im Marsch schreitende Stiefel, Schüsse und Schreie. Eine Sirene schien in der Ferne zu heulen. Die Welt um ihn herum begann zu verblassen.

»Etwas hat Hendrik erwischt!«, schrie Anja auf. Tobias sah herüber, erblickte seinen besten Freund zitternd in den Armen der schwarzen Gestalt, doch drohte er jeden Moment, von Arndt überwältigt zu werden. Anja versuchte die Gestalt mit ihrer Taschenlampe zu erfassen, doch wich die Silhouette vor ihrem Licht davon wie schwarzer Rauch im Wind. Zumindest aber schien das dieses Wesen zu bremsen, denn Hendrik zuckte noch immer und war nicht, wie Arndts Gehilfen, nach kurzer Zeit gestorben. Doch erlahmten seine Bewegungen zunehmen und seine Augen schienen milchig weiß in ihren Höhlen. Auch Arndts Augen hafteten nun an der Gestalt, allerdings ohne Tobias freizugeben.

Roman erkannte seinen Moment, als er gekommen war. Er trat zu und traf den Holzdieb dort, wo es auch ihm besonders weh tat. Tobias nutzte die Chance und schlug mit beiden Händen zugleich zu. Arndt ließ das Kreuz fallen und stolperte zurück, deutlich benommen von den beiden Treffern. Sein letzter Schritt ging ins Leere und schreiend stürzte er den Abhang hinter sich herunter.

Für eine lange, viel zu lange Sekunde schauten Roman und Tobias dem Dieb nach. Es war Natalie, die sie aus ihrer Erstarrtheit löste: »Schnell, das Kreuz!«

Tobias reagierte als erster, nahm das Kreuz und warf es Natalie zu. Die ergriff es mit beiden Händen, hielt es zwischen sich und den Schemen und intonierte, mit einer Stimmkraft, die man ihr gar nicht zutrauen wollte: »Beuge dich demütig unter die mächtige Hand Gottes; zittere und ergreife die Flucht, während wir den heiligen und schrecklichen Namen Jesu anrufen, vor dem die Hölle bebt, dem die Mächte der Himmel und die Gewalten und Herrschaften untergeben sind.«

Die Gestalt verharrte in ihren Bewegungen. Ihr schwarze Silhouette schien zu dunklem, zähem Rauch zu werden, der sich wie Tinte in Wasser vor ihnen zu verteilen begann. Nur um dann mit der Schwärze der Nacht zu verschmelzen.

Hendrik erlangte wenig später das Bewusstsein wieder. Auch auf seinen Wangen zeichneten sich die Handabdrücke der Gestalt ab, doch schien er ansonsten unversehrt. Mit letzter Kraft verließ die Gruppe den Kampfplatz und eilte weiter den Lichtern des Dorfes entgegen.

Je näher sie kamen, desto sicherer waren die Jungs, welches Dorf es war: Es war die belgische Siedlung, die sie heute noch aufgesucht hatten. Offenbar waren sie nun auf dem selben Wege hergekommen, auf dem Louis Reno damals geflohen war.

IX

Sie passierten die am Rande liegenden, kleinen Höfe und eilten die engen, verwinkelten Gassen entlang, zur Mitte des Dorfes hin. Wie ein Leuchtturm in tiefschwarzer See ragte die Kirche in die Nacht empor, ein schwaches Leuchten hinter jedem der Buntglasfenster zu erkennen. Als sie das Gebäude fast erreicht hatten, schien sich die Kirchenpforte wie von selber zu öffnen und ein warmes, goldenes Licht fiel aus dem Inneren heraus auf den gepflasterten Vorplatz. Dann tauchte auch Pfarrer Michael in der Toröffnung auf, harrte dort reglos auf die kleine Gruppe, die in heilloser Flucht auf ihn zustürzte.

Er empfing sie mit einem milden Lächeln, das Anja und Natalie wie ein warmer Gruß erschien, einer Geste, die die drei Jungs allerdings nicht recht zu deuten wussten. Ohne Rücksprache oder Nachfrage überreichte Natalie dem Geistlichen das Kreuz, das vor so vielen Jahren von diesem heiligen Boden geraubt worden war.

Pfarrer Michael schritt das Kirchenschiff entlang auf den Altar zu, während die anderen ihm unsicher folgten. Nur einige, wenige Kandelaber erhellten den Raum und die schweren, verzierten Säulen warfen lange Schatten, doch den Pfarrer beirrte das nicht. Er trat auf den Altar zu und stellte bestimmt, aber ohne Eile, das Kreuz wieder an seinen ihm wohl angestammten Platz in der Mitte der großen Fläche.

Dann drehte er sich um, reckte die Arme gen Himmel und verkündete, den Blick nach oben gerichtet: »*Ecce Crucem Domini. Fugite, partes adversae!*«

»Seht das Kreuz des Herrn«, übersetzte Hendrik flüsternd. »Flieht, ihr feindlichen Mächte.«

X

Am nächsten Mittag war das Lager auf der Wiese Bauer Rolfs komplett abgeschlagen. Das Zelt der Jungs hatte den Kampf, den sich Anja und Natalie mit Arndt und seinen Leuten wohl geliefert hatten, erstaunlich gut überstanden, das andere war allerdings ruiniert. Schwermut lag in der Luft. Zwar musste jeder von ihnen kurz schmunzeln, als ihnen klar wurde, dass es gerade das schiefe Zelt der Jungs war, das den Kampf überstanden hatte, doch schnell verflog auch diese Freude wieder.

Niemand sprach direkt über das, was in der vergangenen Nacht geschehen war oder wagte es gar, Mutmaßungen über die wirklichen Vorgänge anzustellen. Still stiegen sie, nachdem alles verstaut war, in den Corsa. Anja schob den Schlüssel in die Zündung, hielt dann aber noch einmal inne.

»Alles soweit in Ordnung?«, fragte sie.

Für einen Moment schwiegen sie wieder alle, unsicher, ob es um die Abfahrt oder die Ereignisse der vergangenen Tage ging.

»Ich bin ja nur froh«, brachte Tobias letztlich hervor, »das alles doch noch gut ausgegangen ist.«

Er blickte noch einmal auf die Rückbank. Natalie war eingeschlafen und ihr Kopf ruhte nun sanft auf Hendriks Schulter, der Tobias' Blick mit einem kurzen, leichten Lächeln bedachte. Roman saß neben den beiden, in die Notizen vertieft, die sie am Vortag bei Pfarrer Michael angelegt hatten. Aber auch er erwiderte Tobias' Blick und zumindest dieses eine Mal war es nicht bloß sein übliches Starren. Dieses eine Mal war es ehrliche Sympathie, die Tobias zu erkennen glaube.

Er richtete seinen Blick wieder auf Anja, die ebenfalls zu ihm schaute.

»Fahren wir?« fragte sie.

»Fahren wir«, sagte er.

*L*angsam fuhr der Kleinwagen davon, verließ die Wiese, folgte dem Feldweg, fand zurück zur Straße und entfernte sich schnell von dem Ort, an dem noch gestern ihr aller Glauben auf die Probe gestellt worden war.

Niemand in dem Wagen schaute zurück, sie alle waren froh, dies alles hinter sich zu lassen.

Und so sah auch niemand in dem Wagen die Gestalt, die ihnen aus dem Dickicht des Waldes nachblickte. Nur ein dunkler Schemen, eine Silhouette, ein Gespenst in der Nacht.

Ein Lufthauch aus einem kargen, verfluchten Land.

Ein Nachwort

Von den Filmen vor dem Buch

Wie ich am Rande bereits hier und da erwähnte, basieren beide Geschichten in diesem Buch auf Filmprojekten. Beide aus dem No-Budget-Bereich und beides Filme, die wir aus dem einen und anderen Grund nicht realisiert, aber in Form der Erzählungen vor dem vollständigen Verschwinden bewahrt haben.

Beide Novellen basieren auf Schriftstücken aus der Produktion. Im Falle der den Titel gebenden Novelle „Verfluchte Eifel" war es ein vollständiges Drehbuch, bei der anderen nur eine grobe Outline namens „Xulu", auf die ich aufgebaut habe. Insofern kann ich in beiden Fällen einige Faktoren wie die grundlegende Dramaturgie zu gewissen Teilen von mir weisen, wobei ich bei „Das Dorfgeheimnis" deutlich mehr kreative Freiheit hatte.

Ich möchte daher die letzten paar Seiten dieses Buches kurz nutzen zu umreißen, woher die besagten Ideen kommen und wie die Filme geworden wären, denn das ist nur verdient.

Die Idee: Ein Horrorfilm

Unser erster, großer Film war „Xoro: the Eifelarean". Der Titel verrät es den Eingeweihten schon, „Xoro" ist ein Barbarenfilm in der Tradition der trashigen, von Robert E. Howard inspirierten Schoten der achtziger Jahre und kam durchaus gut an. Wir wollten im Anschluss auch definitiv noch einen Film drehen – aber wir waren uns einig, dass es nicht wieder ein Fantasy-Film werden sollte. Übernatürlich, das war hingegen durchaus in Ordnung.

Inspiriert von einem Zeit- und Schreibgenossen Howards, H.P. Lovecraft, schickten wir uns an, einen Horrorfilm zu drehen. Regisseur Matthias Schaffrath und ich hatten bereits zuvor in der beim Pegasus Verlag erscheinenden Zeitschrift „Cthuloide Welten" einen langen Artikel über unsere Heimat, die Eifel, als Setting für cthuloide Geschichten geschrieben und insofern bot sich auch der Ort der Handlung schnell an. An Anlehnung an Lovecrafts berühmteste Schöpfung, Cthulhu, und den Titel unseres Erstlings, Xoro, gaben wir dem Werk den Arbeitstitel Xulu.

Xulu – Kein Film für die ganze Familie

Man muss dazu sagen, dass „Xoro" zu dem Zeitpunkt noch in der Postproduktion weilte, was nicht zuletzt an seinen, für unseren Rahmen recht aufwendigen, Spezialeffekten und Landschafts-Nachdrehs für den Vorspann lag. Dennoch trafen wir uns diverse Male bei mir und wir planten, wie es weitergehen könnte.

Eine Zimmertür wurde mit Endlospapier zugepflastert und wie von Irren beschrieben. Das Ergebnis war eine Art Baumdiagramm, das halbwegs nachvollziehbar den Verlauf der Handlung darstellte. Jedoch warfen sich uns auch recht bald erste Probleme in den Weg. Einerseits war die Dramaturgie der Geschichte recht knifflig, besonders für einen Film. Beim Schreiben der Novelle trat das Problem gar nicht so sehr in den Vordergrund, denn Texte haben ganz andere Anforderungen als Filme.

Eine weitere Problemrolle spielte das Handlungselement „Wetter". Damit die Geschichte richtig funktionieren kann, muss eine große Kontrolle über Wettererscheinungen aller Art vorhanden sein. Das ist im Rahmen eines No-Budget-Filmes zwar möglich, aber sehr, sehr schwierig. Das aber alleine wäre vermutlich nicht einmal Grund alleine gewesen, das Projekt so nicht umzusetzen.

Das Problem lag vielmehr in der Rolle der jungen Frau, die bei mir jetzt letztlich den Namen Sabine erhalten hat. Zwar hatten wir sogar eine Darstellerin, der man die an Lebensjahren arme Freundin abgekauft hätte, aber das Ende war uns, um es klar zu sagen, letztlich zu heikel und zu drastisch, um es filmen zu wollen.

Wir entschlossen uns also, das Projekt umzubauen. Wir verkleinerten das Kreativteam von fünf auf drei Leute, wobei auch ich mich herausnahm, um ab jetzt eher organisatorisch auf das Projekt einzuwirken. Ich hatte immer vor, mit der Idee von „Xulu" noch mal etwas zu machen, aber vorerst nicht.

Vergleiche ich meine Novelle heute mit der Geschichte von damals, so habe ich kaum etwas verändert, sondern vor allem noch viel ergänzt. Der zweite Erzählstrang in der Vergangenheit war zwar schon beim Film geplant, aber nie ausgearbeitet worden, was mir nun oblag, ebenso wie das Zusammenspiel beider Stränge im Finale der Geschichte.

Filmisch ging es dagegen weiter mit „Verfluchte Eifel".

Verfluchte Eifel – Zu viele Darsteller an zu wenig Tagen

Die Novelle „Verfluchte Eifel" basiert auf einem Drehbuch von Markus Heinen, das dieser auf Basis eines Treatments von ihm, Matthias Schaffrath und Ralf Murk verfasste. Dabei war die Entstehung dieses Drehbuchs spannend genug. Gemeinsam hatten die drei ein grobes Konzept entwickelt, das deutlich weg ging vom psychisch intensiven, harten Ansatz, dem „Xulu" noch folgte und hin ging zu eher leichterer Mystery-Kost, irgendwo zwischen Blytons fünf Freunden, die ja auch gerne mal Geisterzüge und dergleichen jagten, und vielleicht noch den Mystery-Serien der 90er Jahre, was die Optik betraf.

Auf Basis dieses Entwurfs schrieb jeder der drei eine Synopsis, also einen grober Abriss der Handlung. Auf Basis dieser Zusammen-fassungen wurde gemeinsam ein Treatment entwickelt und daraus wiederum das Drehbuch geschrieben. Wenn man so möchte, stellt meine Interpretation von „Verfluchte Eifel" auch nur eine von mehreren Adaptionen derselben Idee dar.

Ich blieb dabei dicht an der finalen Fassung des Drehbuchs bis hin zur Übernahme einzelner Dialogpassagen. Hier und da nahm ich mir allerdings auch einige kreative Freiheiten, meist in direkter Rücksprache mit den drei ursprünglichen Erschaffern.

Ein Element, dass in der Textfassung deutlich weniger Raum einnimmt als im Drehbuch ist allerdings das Konzept der „Holzdiebe". Das ist ein Phänomen, das es in der Eifel wirklich gibt und das dort in der Tat zu einem echten Problemfall werden kann. Allerdings kam es uns schon während der Produktion zunehmend schwer vor, dies auch einem Zuschauer ohne Kenntnis der Region zu vermitteln. Alles in allem wirkte die Opposition der „Holzdiebe" in meinen Augen zu albern und obskur, weshalb sie in meinem Text zu einer generischen Dorfbande geworden ist. Das wiederum ist ein Phänomen, dass es in verschiedenen Ausprägungen vermutlich überall zu finden gibt.

Wir hatten sogar schon begonnen, „Verfluchte Eifel" zu drehen, allerdings erwies sich der Film in der Praxis selbst als ziemlich verflucht. Wir hatten konsequente Zeitprobleme mit Arndts Bande, die sich nur mit viel Vorlauf mal auf einen Zeitpunkt legen ließen.

Doch noch schlimmer traf es uns mit unseren fünf Helden. An den beiden Protagonistinnen gibt es dabei kaum zu rütteln: Anna Ravenstein als Anja und Lina Goege als Natalie waren phantastisch, wann immer sie vor der Kamera standen. Die Jungs dagegen haben das nie getan. Bis heute fest und in hochgelobter Erinnerung verbleiben Matthias Scherf als der irre Roman und Tim Claahsen als Hendrik. Unsere ebenfalls fabelhaft Erstbesetzung für Tobias aber, Soeren Wellens, ging uns verloren, da er kurz vor Drehbeginn nach England zog. Ein erster Kandidat für den möglichen Ersatz fiel ebenfalls aus, da ihm ein Aufenthalt im Ausland bevorstand und ein zweiter Kandidat disqualifizierte sich anderweitig, sodass wir irgendwann erkannten, dass wir Monate tief in einer Produktion steckten, deren Hauptrolle noch immer nicht besetzt war.

Zeit war ohnehin stets ein vernichtender Faktor. Immer wieder kamen Leute zu spät am Drehort an, weil sie zuvor beruflich im Ausland gewesen waren, Arbeiten mussten oder anderweitige Verpflichtungen unsere Pläne ad absurdum führten. Verschiebungen wegen Person A führten dazu, dass Person B keine Zeit mehr hatte und so schaukelte sich die Situation immer weiter auf.

Die erste Klappe für „Verfluchte Eifel" fiel am 11. August 2007, seinen Gnadenschuss erhielt das Projekt, rund zwei Monate später, am 12. Oktober. Es war der letzte Dreh für dieses Jahr, das Wetter in der Eifel eisig kalt, die Szenerie nicht über

Unsere Hauptdarsteller aus "Verfluchte Eifel". Von links nach rechts:
Lena als Natalie, Matthias als Roman, Anna als Anja, Soren als Tobias und Tim als Hendrik.

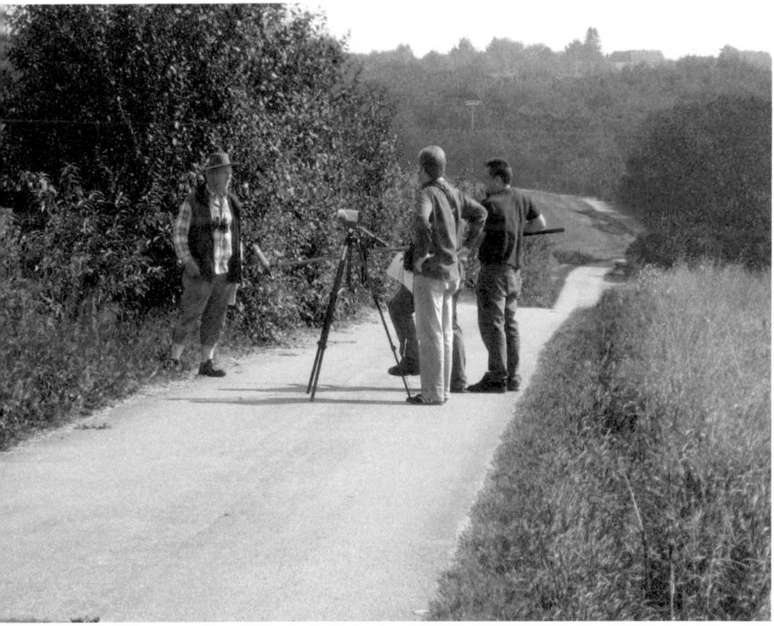

Wochen haltbar, da Bäume ihre Blätter verloren und Holzstapel am Waldrand bald kleiner werden würden. Gedreht wurde die Szene, in der Anja und Natalie ins Lager der Holzdiebe gebracht werden – und wir wurden einfach nicht fertig. Letztlich mussten wir den Dreh, obwohl Decken, heiße Suppe, Tee und Strom zweier Generatoren bereitstanden, tief in der Nacht abbrechen, da wir uns einig waren, den beiden Hauptdarstellerinnen die Belastung durch Wetter, Müdigkeit und die harte Szene nicht mehr zumuten zu wollen. Zwar lachte Anna neulich selbst noch drüber, dass es ja eigentlich gar nicht wild gewesen wäre, aber vor Ort lagen die Nerven vor wie hinter der Kamera einfach blank.

Wir gingen in der nachfolgenden „Winterpause" tief in uns und überlegten, wie fortzufahren sei. Letztlich kamen wir zu dem Ergebnis, den Film nicht mehr weiter fortzusetzen.

Nachwehen

Erst 2008 kam mir der Gedanke, dass man beide Filme doch eigentlich zu Novellen ausarbeiten können müsste. Ein Unternehmen, dessen Produkt ihr hier nun in den Händen haltet und vermutlich gerade fast ausgelesen habt. Ich hoffe, es hat euch Spaß gemacht.

Ich blicke auf beide Projekte mit einem lachenden und einem weinenden Auge zurück – gerade „Verfluchte Eifel" war eigentlich viel zu weit, um noch zu scheitern. Doch ich denke durchaus, dass es die richtige Entscheidung war, dort aufzuhören, wo wir es getan haben.

Filmisch werden Fragmente des Films vielleicht sogar weiterleben. Wir tragen uns mit einem Konzept, das einzelne Segmente der Geschichte aufgreifen und verwenden könnte, ohne dabei die logistischen Probleme der bisherigen Planung zu haben. Ob und wann das passiert, kann ich hier und jetzt allerdings noch nicht vorhersagen.

Derzeit befassen wir uns allerdings mit der Vorbereitung eines anderen, neuen Films. Es ist sicherlich irgendwie ironisch, aber der

Kreis schließt sich zum Anfang und wir kehren doch zum Fantasy-Film und unserem Setting „Eifelarea" zurück. Unser Kameramann Ralf und ich, wir schicken uns an ein Prequel zu unserem Barbarenepos zu drehen, basierend auf einem Drehbuch aus meiner Feder. Mehr dazu aber auf der Webseite unserer Filmgruppe, http://eifelarea.wordpress.com

Eines aber ist jetzt schon mal sicher. Dieser Band ist die einzige Form, wie man die ursprünglichen Geschichten dieser beiden Projekte, „Xulu" und „Verfluchte Eifel", je wird vernehmen können. Zumindest es sei denn, ein ganz obskures Wunder geschieht.

Wie ich schon schrieb: Ich hoffe es hat Spaß gemacht!

Thomas Michalski
Aachen, im stürmischen Februar 2010